Das erste Lied

Für alle, die Märchen mögen
und bereit sind, sich auf eine
alternative Version einzulassen.

Das erste Lied

von
Susanne Eisele

frei nach dem Märchen
Rumpelstilzchen
der Brüder Grimm

Bibliografische Information der Deutschen Nationalbibliothek: Die Deutsche Nationalbibliothek verzeichnet diese Publikation in der Deutschen Nationalbibliografie; detaillierte bibliografische Daten sind im Internet über dnb.dnb.de abrufbar.

Erstausgabe September 2018
Zweitausgabe Juli 2019

Coverdesign: Cover: Dream Design - Cover and Art,
www.cover-and-art.de
Bild https://www.shutterstock.com
Scherenschnitt: Christina Löw

Lektorat und Korrektorat: Manfred Polz

Impressum:
Urnagold 32, 72297 Seewald
susanne.schwarzwald@gmx.de

Herstellung und Verlag: BoD – Books on Demand, Norderstedt

ISBN: 978-3-752848250

Inhaltsverzeichnis

Kapitel 1

Florian Müller war spät dran. Gehetzt verließ er seine kleine Wohnung und warf sich in seinen alten, klapprigen Fiat Panda, wie immer in der Hoffnung, dass ihn das schon recht altersschwache Auto einmal mehr bis zum Proberaum bringen würde, ohne unterwegs stehen zu bleiben, Teile zu verlieren oder sonst irgendwie herumzuzicken. Schon alleine die Frage, ob der Motor anspringen würde, glich stets einem nervenzerreibenden Pokerspiel. Doch nach einigen geräuschvollen Fehlversuchen, die von Mal zu Mal kraftloser klangen, durfte der junge Mann endlich einmal mehr das erleichternde Gefühl verspüren, das mit dem erfolgreichen Start der Verbrennungsmaschine verbunden war.

Eilig fuhr er los, solange sie ihm wohlgesonnen war. Ihm war durchaus bewusst, dass er sich in absehbarer Zeit nach einem anderen fahrbaren Untersatz würde umsehen müssen, aber sowohl die Arbeit als auch die Band nahmen so viel Zeit in Anspruch, dass er das immer wieder aufschob. Bei jeder Fahrt sah er sich vor seinem geistigen Auge schon irgendwo im Nirgendwo stehen, ohne die geringste Chance, sein Auto erneut zum Weiterfahren bewegen zu können. Dann würde er sich die Zeit nehmen müssen, sich nach etwas anderem umzusehen.

Er hoffte, dass es nicht so weit kommen würde, sondern er vorher schnell etwas Passendes fand - vor allem etwas, das seinem schmalen Geldbeutel entsprach.

Wie vor jedem Auftritt war er auch diesmal wieder aufgeregt. Darum ging er in Gedanken alles nochmals durch; vom Auf- bis zum Abbau. Und alles, was dabei nur schiefgehen konnte, sah er auch schiefgehen. Mist, so würde er sein Lampenfieber nicht loswerden. Er begann, sich warmzusingen. Die Atemübungen würde er lieber auf einen späteren Zeitpunkt verschieben, wenn er nicht Auto fahren musste. Gedankenverloren tastete er mit einer Hand nach seinen Salbeibonbons in der Jackentasche. Nachdem er die Verpackung spürte, wurde er kurzzeitig ruhiger. Zum jetzigen Zeitpunkt konnte er ohnehin nichts mehr ändern.

Er versuchte, sich zu beruhigen, indem er an die letzten Auftritte dachte. Selbst als einmal für ein paar Minuten die Lautsprecheranlage ausgefallen war, hatte dies der Stimmung im Saal keinen Abbruch getan. Die Band überbrückte dies einfach mit einer improvisierten Akustikeinlage, was vom Publikum durch rege Beteiligung in Form von Mitsingen und -klatschen honoriert wurde. Diese Erinnerung ließ seine Zuversicht wieder wachsen. Er atmete nochmals tief durch, dann fuhr er mit seinen Stimmübungen fort. Das Stimmtraining lief irgendwann eher unbewusst ab, als sich seine Gedanken auf dem Weg zum Proberaum selbstständig machten.

Zum wiederholten Male dachte er darüber nach, ob es wirklich klug gewesen war, die Schule nach der Mittleren Reife zu schmeißen, um eine Ausbildung zu beginnen. Er hatte unbedingt sein eigenes Geld verdienen wollen, wobei jeder Cent, den er erübrigen konnte, in seine Leidenschaft, die Musik investiert wurde. Genau dies war auch der Grund, weshalb er kaum noch Kontakt zu seinen Eltern hatte. Die waren beide erfolgreiche Geschäftsleute, wollten daher unbedingt, dass er Abitur machte, um etwas 'anständiges' studieren zu können, das ihm Wohlstand und Ansehen einbringen würde. Ein Musikstudium war damit allerdings nicht gemeint. Nein, sie erwarteten etwas 'seriöses' wie Betriebswirtschaftslehre oder ein Studium in einem wissenschaftlichen Bereich.

Hätte er seiner 'brotlosen Kunst', wie sie die Musik stets nannten, abgeschworen, oder die Zeit, die er damit zubrachte, wenigstens zugunsten des Lernens deutlich reduziert, hätte er gemütlich in seinem Elternhaus wohnen bleiben können, während ihm seine Eltern - gute Noten vorausgesetzt - ein angenehmes Leben finanzieren würden. Dann würde er jetzt wahrscheinlich ein deutlich neueres Auto fahren und sich nicht bei jeder Anschaffung, die zwanzig Euro überstieg, aufs Neue fragen, ob er sich das überhaupt leisten konnte. Aber lieber verzichtete er auf diese Annehmlichkeiten, wenn er dafür die Möglichkeit hatte, seiner großen Liebe, der Musik, treu zu bleiben.

So konnte er sich jetzt, ein Jahr nach Abschluss seiner Ausbildung, immerhin eine eigene Wohnung leisten statt nur ein kleines WG-Zimmer.

Sein Gesangslehrer war ihm bereits während der Ausbildung finanziell entgegen gekommen. Glücklicherweise unterstützte er ihn jetzt dahingehend, dass er den Sonderpreis beibehielt. Offensichtlich machten sich die Gesangsstunden und Florians Beharrlichkeit allmählich bezahlt. Im letzten Vierteljahr hatte er mit seiner Band Flo Circus durchschnittlich alle zwei Wochen einen Auftritt. Vereinzelt erhielten sie nicht nur die sonst üblichen Freigetränke, sondern darüber hinaus sogar noch etwas Gage, die selbst nach Abzug der Fahrtkosten ausreichte, um ein leichtes 'Plus' in der Bandkasse verbuchen zu können. Auch für den heutigen Auftritt war zusätzlich zu den Freigetränken eine Beteiligung am Umsatz vereinbart.

Das war zwar ein wenig gepokert, denn sollte sich nur wenig Publikum in den Club verirren, würde dies weit weniger einbringen als das Benzingeld, das sie hin und wieder erhielten. Andererseits wären die Einkünfte aber deutlich höher, wenn der Laden gut besucht war und die Gäste reichlich Getränke orderten.

Diesbezüglich bestand kein Grund zur Sorge, denn der Club, in welchem sie an diesem Abend spielen sollten, war ein Rockschuppen, der für die härtere Musikrichtung bekannt und beliebt war. Aus gutem Grund hatte sich der Betreiber deshalb für eine Lage etwas weiter außerhalb der Wohnbebauung entschieden. Wenn dort an den Wochenenden Bands auftraten, tummelten sich bei schönem Wetter auch zahlreiche Besucher im dazugehörigen Biergarten.

Genau die richtige Location, um auch mal die härteren Songs spielen zu können, fanden Schlagzeuger Steffen und Leadgitarrist Ricky, die stilmäßig ohnehin gerne mehr in Richtung 'Heavy Metal' gehen würden. Bislang konnte der Rest der Band die beiden davon überzeugen, dass sie mit dem Hardrock, den sie seither spielten, bessere Auftrittsmöglichkeiten hatten. Dennoch hatte Florian den Eindruck, dass die Lieder, die von den anderen Bandmitgliedern komponiert wurden, beständig eine Spur härter wurden, während er selbst vermehrt Balladen schrieb, vor allem seit ihn seine Freundin vor zwei Monaten verlassen hatte, weswegen er noch immer an gebrochenem Herzen litt. Er tröstete sich damit, dass ihn wenigstens seine ganz große Liebe, die Musik, nie verlassen würde.

Erleichtert atmete der junge Mann auf, als er kurze Zeit später am Proberaum ankam. Wenn die ganze Band beisammen war, blieb meistens keine Zeit für seine Grübeleien.

Kaum war er ausgestiegen, wurde er von Matze, dem Bassisten, verbal überfallen. „Gut, dass du endlich da bist, Flo. Wir dachten schon, wir müssten die Strecke zu dir abfahren, um nachzusehen, ob deine alte Mühle irgendwo zwischendrin den Geist aufgegeben hat. Wir haben schon alles eingepackt und sind abfahrbereit."

„Dann lasst uns gleich losfahren", beeilte sich Florian zu antworten. Matze konnte mitunter fast ohne Punkt und Komma auf einen einreden. Vor allem wenn er nervös war, wie vor den Auftritten.

Flo schmunzelte in sich hinein. Irgendwie hatte jeder in der Band seine eigene Strategie, mit dem Lampenfieber umzugehen. Steffen wollte da immer seine Ruhe haben, weshalb er sich auf einen der hinteren Sitze des Transporters gepflanzt hatte, wo er sich mit Kopfhörern bei leicht abwesendem Blick von der Außenwelt abschirmte.

Ricky saß bereits auf dem Fahrersitz. Sein Vater hatte eine Autovermietung, zu deren Fuhrpark auch ein paar Kleinbusse sowie Kleintransporter gehörten. Im Gegensatz zu Flo wurde der Gitarrist von seinen Eltern großzügig unterstützt. Dazu gehörte auch, dass sie sich die Fahrzeuge immer kostenlos ausleihen konnten.

Der Fünfte im Bund, Ioannis, machte gerade so eine Art Liegestütze an der Motorhaube des Fahrzeugs. Wenn er nicht hinter seinem Keyboard stand, hatte er ständig Hummeln im Hintern. So neigte er dazu, alles, was sich in Reichweite befand, als Turngerät zu nutzen. Gewichtheben mit Getränkekisten, Turnübungen am Baugerüst, Bockspringen über Lautsprecherboxen – Hauptsache in Bewegung. Für Florian war es daher unbegreiflich, wie es Jo so schaffte, während eines ganzen Konzerts relativ ruhig hinter seinem Instrument stehen zu können, aber das klappte immer.

Suchend blickte sich der Sänger um, bis er Max entdeckte. Technik-Nerd und Livemischer der Band. Wie so oft war der dunkle Haarschopf so tief über irgendein technisches Gerät gesenkt, dass man den

Eindruck hatte, Max wolle es mit seiner Nase bedienen. Flo lächelte noch breiter. Er hatte es schon lange aufgegeben, den Bandtechniker zu fragen, an was für einem Teil er gerade herumfummelte. Er verstand meist ohnehin nur die Hälfte der Erklärungen, wenn überhaupt. So blieb es auch diesmal bewusst bei einer freundlichen Begrüßung mit obligatorischer Nachfrage zum Befinden, ohne auf die Tätigkeit einzugehen.

Eine Viertelstunde später erreichten sie das Rockmusics' Heaven.

Sofort begannen sie, den Transporter auszuladen. Weil es am meisten Zeit beanspruchte, bauten Steffen, Matze und Flo zuerst das Schlagzeug in der Mitte der Bühne auf, während Ioannis und Ricky das Keyboard auf dessen Ständer hievten. Danach platzierten sie die Bass- und Gitarrenverstärker mitsamt Lautsprecherboxen links und rechts neben dem Schlagzeug.

Da im Heaven jedes Wochenende Livebands spielten, war eine komplette Lautsprecheranlage, eine sogenannte PA, bereits vor Ort. Außerdem wurden die Jungs durch zwei festangestellte Bühnenhelfer unterstützt, wodurch der Aufbau schnell und reibungslos von statten ging. Dies gab Florian die Zeit, sich seiner Träumerei hinzugeben. Mit dem Rücken lässig an die Bühne gelehnt ließ er den Blick durch den Zuschauerraum schweifen, der in seiner Vorstellung bis auf den letzten Zentimeter mit jubelnden Menschen gefüllt war. Er malte sich aus, wie es wohl wäre, ein berühmter Rockstar zu sein, sein Hobby – oder besser:

seine große Leidenschaft – zum Beruf gemacht zu haben. Nichts anderes zu tun als jeden Abend auf einer anderen Bühne in einer anderen Stadt der Welt zu stehen, um die Songs vor tausenden von begeisterten Fans zum Besten zu geben. Für so lästige zeit- und kräfteraubende Tätigkeiten wie Auf- und Abbau wäre dann die Stagecrew zuständig. Während ihm diese Gedanken ein verträumtes Lächeln auf sein Gesicht zauberten, breitete sich ein unbeschreibliches Glücksgefühl in seinem Inneren aus. Ja, das fühlte sich so einzig richtig an, das musste einfach sein Lebensweg sein.

„Denk nicht immer so viel nach, ist nicht gut für das Gehirn", wurde er von einem grinsenden Matze aus seinen Gedanken gerissen. „Gleich ist Soundcheck, danach darfst du uns wieder mit deinen Trällerübungen auf den Keks gehen." Das Grinsen in seinem sommersprossigen, von langen, roten Haaren umrahmten Gesicht wurde noch breiter.

Flo hing noch ein paar Augenblicke seinem Tagtraum nach, dann seufzte er zufrieden, bevor er sich lächelnd dem Rotschopf zuwandte. „Keine Sorge, die Gedanken, die ich gerade hatte, sind bestimmt nicht schädlich."

Auf dem Weg zur Bühne erzählte er dem Bassisten, was ihm soeben durch den Sinn gegangen war. Kaum hatte er geendet, begann Matze wieder, ungehemmt weiterzuplappern. Mit einem kaum erkennbaren Kopfschütteln seufzte Florian erneut.

Auf der Bühne angekommen setzte er sich die In-Ear-Monitore in die Ohren. So konnte er den Redeschwall seines Bandkollegen großzügig

14

ausblenden. Er war froh um diese Investition, auch wenn die Dinger ziemlich teuer gewesen waren. Zwar war der Hauptgrund für diese Anschaffung nicht, nervige Plaudertaschen weit in den Hintergrund treten zu lassen, dies funktionierte hiermit trotzdem ganz hervorragend. Gedacht war es eigentlich für etwas größere Bühnen wie hier im Heaven. Da blieben mit Hilfe dieser Technik Klang und Lautstärke stets konstant, egal, wo auf der Bühne, oder sogar unten im Publikum, er sich gerade befand. Außerdem schirmte es die doch beachtliche Lautstärke von außen ab.

Matze redete sich weiterhin seine Nervosität vom Leibe, wohl wissend, dass ihm höchstwahrscheinlich niemand besonders aufmerksam zuhörte. Das war aber auch nicht wichtig. Er gab ohnehin nur belangloses Zeug von sich. Hauptsache, er musste nicht daran denken, dass er gleich im Scheinwerferlicht stehen würde. War es erst mal so weit, wurde er zur Rampensau, aber bis dahin würde er sich am liebsten in einem Mäuseloch verkriechen. Warum dies nach all den vielen Auftritten immer noch so war, konnte er sich nicht erklären. Um zu verhindern, dass er ins Grübeln verfallen konnte, erzählte er schnell einen Flachwitz. Unerwarteterweise lachte sogar jemand darüber. Er sah sich im Raum um, wen er damit erheitert hatte. Ah, einen der Helfer vom Club. Klar, die kannten seine ausgelutschen Scherze noch nicht. Er stimmte kurz in das Lachen mit ein, bevor er sich seine Bassgitarre umhängte, um sie zu stimmen. Dann setzte auch er sich wie bereits die anderen Bandmitglieder die In-Ear-Monitore ein.

Nach dem Soundcheck herrschte hinter der Bühne die übliche, nervöse Unruhe. Florian sang sich warm, Steffen trommelte auf seinem kleinen Übungspad, das man sich ans Bein schnallen konnte, Ricky übte ein paar Fingerläufe auf seiner Gitarre, während Ioannis sich nach draußen verzogen hatte, um dort wahrscheinlich mit Mülltonnen und an Gartenmauern zu trainieren. Max saß in einer Ecke, tippte abwechselnd auf seinem Smartphone und einem weiteren technischen Gerät herum, das er nur während des Soundchecks aus den Fingern gelegt hatte, was immer dies auch sein mochte.

Matze hatte hingegen an der bis dahin noch weitgehend leeren Bar einen Platz gefunden, wo ihm die Bardame aufmerksam zuhörte, was sogar ihm selbst ein wenig unheimlich war. Als er weiterredete, wie es seine Natur erzwang und sie immer noch verständnisvoll reagierte, begann er, sich zu verlieben.

Florian war neugierig. Er beendete seine Gesangsübungen, um an den hinteren Bühnenrand zu treten, wo er den Vorhang vorsichtig ein Stück zur Seite schob. Erwartungsvoll spähte er in den Zuschauerraum. Dieser war bereits zur Hälfte gefüllt, während weitere Gäste hinzukamen. Wenn es ihnen gelingen sollte, das Publikum durch ihre Darbietung halten zu können, würde der Abend ein voller Erfolg werden. Nervöses Kribbeln machte sich in seiner

Magengegend breit. Sehnsüchtig dachte er an seinen Traum, in großen, ausverkauften Hallen spielen zu können. Am liebsten als Headliner einer großen Tour, vielleicht sogar europaweit.

An der gegenüberliegen Wand des Heaven konnte er die Plakate sehen, mit denen für den heutigen Abend geworben worden war. Fünf fröhliche, langhaarige Typen waren darauf abgebildet: Flo und seine Freunde. Die Plakate, mit denen sie in einem Umkreis von einigen Kilometern um den Club herum den Auftritt am heutigen Abend bekannt gaben, waren eine weitere der vielen Investitionen gewesen, die die Band getätigt hatte. Beim Anblick des immer zahlreicher werdenden Publikums hatte Florian den Eindruck, dass sich die ganzen Ausgaben doch noch lohnen würden.

Seufzend ließ er den Vorhang wieder los. Doch bevor er zu den anderen zurückkehrte, musste er noch ein paar mal tief durchatmen. Natürlich war er wie vor jedem Konzert aufgeregt, doch heute war es irgendwie anders. Vor so einem großen Publikum hatten sie noch nie gespielt. Aber das alleine war es nicht; das Kribbeln war heute anders als sonst. Irgend etwas lag in der Luft, das konnte er fühlen. Allerdings war es ihm nicht möglich, diesen Gedanken weiter zu verfolgen, da ihn die Stimmen seiner Bandkollegen, die nach ihm riefen, in die Realität zurückholten. Gleich war es soweit; nur noch wenige Minuten, dann würde die Show beginnen. Schnell noch ein paar Dehnungsübungen, gegenseitiges Schulterklopfen, dann ging es auch schon auf die Bühne.

Nach einer Dreiviertelstunde hatten sie dem Publikum mächtig eingeheizt. Der Club war zwischenzeitlich sehr gut besucht. Viele der Gäste standen direkt vor der Bühne, wo sie begeistert mitsangen und -klatschten. Obwohl Flo genau wusste, welches Lied als nächstes kam, sah er auf die Playlist. Weniger, um sicherzugehen, dass er auch den richtigen Titel anstimmen würde – es war eher ein Zögern, ob er sich dazu durchringen konnte, ihn auch wirklich zu spielen. Eine gefühlvolle Rockballade aus seiner eigenen Feder, die er direkt nach der Trennung von seiner damaligen Freundin geschrieben hatte. Dieses Lied, zu dem er selbst auch die Akustikgitarre spielte, mochte er sehr, auch wenn der Grund für die Entstehung recht schmerzhaft war. Es war aber immer eine Gratwanderung, ob das Publikum bei so einem langsamen Stück mitzog, wenn bis zu diesem Zeitpunkt das langsamste Lied immer noch ein Midtempo-Song war, die Ballade daher tempomäßig völlig aus dem Rahmen fiel.

Während der Rest der Band noch die letzten Töne spielte, steckte er sein Mikrofon auf den Ständer und holte vom hinteren Bühnenrand einen Barhocker und seine Akustikgitarre. Obwohl die Geräusche der Außenwelt wegen den In-Ear-Monitoren nur gedämpft zu ihm durchdrangen, hatte er den Eindruck, das aufgeregte Getuschel derer, die vor der Bühne standen, überdeutlich zu hören.

Er setzte sich auf den Barhocker. „So Leute, jetzt wird es etwas ruhiger. Mitsingen und mitklatschen ist aber

trotzdem erlaubt." Er lächelte ins Publikum. „Der nächste Song heißt Life Goes On."
Ein paar ihrer treuen Fans, die bereits auf mehreren ihrer Konzerte waren, gaben begeistert Applaus. So ermutigt, schlug Flo die ersten Akkorde an, um dann mit klarer, gefühlvoller Stimme seine Ballade vorzutragen:

„It's Springtime
and it's all anew
but my love is gone
and won't return.

It hurts and stings
but that's alright
I feel the pain and know
I'm still alive.

Life will go on
no matter how much my heart hurts
and deep there I believe
that someday it will hurt no more."

Schon während des Lieds hatten viele der Gäste mitgesungen und geklatscht, aber der jetzt losbrechende Applaus überstieg Florians kühnste Erwartungen. Vor lauter Glück schimmerten seine Augen feucht. Schnell rutschte er vom Hocker, den er mitsamt seiner Akustikgitarre wieder nach hinten trug, wo er sich stattdessen seine E-Gitarre schnappte.

In der Zwischenzeit bemächtigte sich Matze des Mikrofons: „Das war der Herz-Schmerz-Song von unserem Flo. Hey Kumpel, hör auf, zu trauern. Da unten stehen so viele schöne Mädels, da wirst du doch nicht einer Einzelnen nachweinen. Für die Mädels und natürlich auch für alle anderen, die ihren Weg hierher gefunden haben, heizen wir jetzt wieder richtig ein. Es geht weiter mit dem Song Roadtrip!"

Die nächsten fünfundvierzig Minuten gingen vorbei wie im Flug. Das Publikum verlangte noch zweimal lautstark nach einer Zugabe, die Flo Circus auch begeistert gaben.

„Also, wenn ihr noch eine dritte Zugabe spielen wollt, müsst ihr das ohne mich machen. Mir reicht's", brachte Steffen erschöpft hervor. Seine Kleidung war von Kopf bis Fuß von Schweiß durchnässt. Auch wenn er sichtlich ausgepowert war, hatte er doch ein glückliches Funkeln in seinen Augen.

„Yep, war großartig, aber das genügt jetzt", stimmte ihm Ricky zu. „Lasst uns duschen gehen. Vielleicht können wir danach noch das eine oder andere Mädel klarmachen. Wenn das Rockstar-Dasein schon nicht reicht, um davon zu Leben, dann wenigstens fürs Vergnügen."
Alle lachten, als mit diesem Scherz auch die Anspannung des Auftritts von ihnen abfiel. Bevor sie in Richtung Waschraum gehen konnten, wurden sie aber von Ioannis aufgehalten. „Wartet mal, Jungs. Auch

wenn ich wieder die Spaßbremse bin: wir sollten zuerst unsere Sachen von der Bühne ins Auto räumen, bevor wir duschen gehen. Sonst sind wir gleich wieder nassgeschwitzt. Zweimal hintereinander duschen ist überhaupt nicht gut für meine zarte Haut." Den letzten Satz untermalte er bei übertrieben sanfter Stimme mit eindeutig feminin anmutenden Gesten. Der Spruch wurde mit einem erneuten Lachen quittiert, bevor alle mit anpackten, um Jos Anregung in die Tat umzusetzen.

Nachdem alle Instrumente und sonstige Ausrüstung sicher im Transporter verstaut waren, mischten sich die Jungs eine knappe Stunde später frisch geduscht unters Publikum. Schnell waren sie von Fans umgeben, die ihnen zum gelungenen Konzert gratulierten, was ihre ohnehin schon gute Laune nochmals steigerte.

Der hübsche Sänger mit den langen, blonden Haaren war von einigen Mädchen umringt, als ihm Ralf, der Wirt des Rockclubs, auf die Schulter tippte. „Hey Flo, komm mal mit. Da will dich jemand sprechen. Könnte vielleicht interessant sein."

Florian zögerte noch kurz. Das Gefühl, endlich einmal von lauter hübschen Frauen umgeben sein, die gerade alle nur Augen für ihn hatten, wollte er nur ungern aufgeben, zumal es seinem Ego mächtig Auftrieb gab. Andererseits wollte er es sich aber auf gar keinen Fall mit dem Wirt verscherzen. Das Konzert war ein voller Erfolg. Gemessen an der Zuschauerzahl dürfte es sich durch die Umsatzbeteiligung auch für die Band ordentlich gelohnt haben. Wenn jetzt noch der Besitzer des Clubs mindestens so zufrieden war wie die Band, war abzusehen, dass sie hier bestimmt nicht das letzte Mal aufgetreten waren. Er lächelte in die Runde seiner weiblichen Verehrerinnen. „Bin gleich wieder da. Nicht weggehen." Dann begleitete er Ralf in den hinteren, etwas ruhigeren Teil des Heaven.

An einem der kleinen Zweiertische saß ein Mann, der Flo vage bekannt vorkam. Ralf trat an den Tisch und räusperte sich kurz. „Darf ich vorstellen: Florian Müller." Dann wandte er sich dem Sänger zu. „Florian, das ist Dietmar Weiss. DER Dietmar Weiss, der Erfolgsproduzent. Er wollte dich gerne sprechen. Ich sag dir, was der anfasst, wird zu Gold." Flo hatte fast schon den Eindruck, Dollarzeichen in Ralfs Augen zu erkennen, bevor sich dieser entfernte, um ihn mit dem Produzenten alleine zu lassen.

Herr Weiss deutete auf den freien Stuhl. „Nimm Platz. Vorgestellt hat mich Ralf ja schon."

Mit gemischten Gefühlen setzte sich der junge Sänger. Jetzt fiel ihm wieder ein, warum ihm sein Gegenüber so bekannt vorkam, obwohl er ihm noch nie im wirklichen Leben begegnet war. „Schnulzen-Didi", wie er von der weniger wohlwollenden Presse bezeichnet wurde, war in der Tat der Erfolgsproduzent schlechthin - allerdings ausschließlich im Bereich der Schlager. Flo musste plötzlich an die Schmierblätter denken, die seine Mutter so gerne las. Da blickte einem spätesten in jeder dritten Ausgabe das lachende Gesicht dieses Herrn entgegen, der ihm jetzt gerade gegenübersaß.

„Also Florian, hör zu. Ich bin auf der Suche nach etwas Neuem, Unverbrauchtem. Die Leute wollen auch mal was anderes hören als immer nur die üblichen Schlager. Deshalb reise ich gerade durch die Lande, um in verschiedene Clubs reinzuschauen. Ich bin zufällig hier gelandet, kurz bevor du 'Life Goes On' vorgetragen hast. Das Lied ist großartig, es hat echt Potenzial. Lass es mich produzieren, dann garantiere ich dir, dass es ein landesweiter Erfolg wird. Das ist es doch, was du willst, nicht wahr? Habe ich das richtig verstanden, dass du der Komponist bist? Oder hat da noch jemand anderes Ansprüche drauf?"

Von den vielen Fragen, die einer Maschinengewehrsalve gleich auf ihn eingeprasselt waren, schwirrte Florian der Kopf. „Nein, ja, also ich meine, das Lied habe ich alleine geschrieben, die Rechte daran liegen also auch alleine bei mir."

Zufrieden nickend griff Dietmar nach der Aktentasche, die an seinem Stuhl lehnte. Lächeln entnahm er einen zweiseitigen Durchschreibesatz. Mit den Worten: „Okay, Florian, pass auf. Das ist deine einmalige Chance", legte er dem jungen Mann das Schriftstück hin. „Du kannst jetzt diesen Standardvertrag unterschreiben. Natürlich musst du dann auch auf Tour gehen, um den Song zu promoten, aber das ist ja sowieso das, was du willst, richtig?"

Als Flo dem Produzenten in die Augen sah, wurde ihm mulmig. Er empfand dessen Blick als lauernd, so dass er sich fühlte wie eine Antilope vor einem Löwen. Zögerlich griff er nach dem Papier. „Also gut, ich schau mir das mal in Ruhe an. Ich melde mich dann wieder bei Ihnen."

„Nein, Junge! Du hast mich nicht richtig verstanden". Dietmar kam mit seinem Gesicht näher, sein Ton wurde harscher. Florian sah ihn entgeistert an. „Entweder du unterschreibst jetzt, oder wir vergessen das Ganze. Morgen bin ich schon in einer anderen Stadt. Ich kann mich nicht an alle erinnern, denen ich einen Vertrag angeboten habe. Wenn ich dir jetzt den Blankovertrag mitgebe, bekomme ich den womöglich von jemand ganz anderem zurück, wenn überhaupt. Nein! Du gibst mir jetzt deinen Song durch deine Unterschrift, oder du kannst weiterhin versuchen, mit deiner Tingelei groß rauskommen zu wollen."

Dietmar lehnte sich in seinem Stuhl zurück, beobachtete dabei sein Gegenüber weiterhin mit lauerndem Blick. In Florians Gesicht arbeitete es sichtbar.

Dann zog er den Vertrag zu sich her und begann zu lesen. Schon nach den ersten Zeilen stutzte er: „Was heißt hier: ich bekomme keine Tantiemen? Ich bin der Songwriter, da stehen mir doch Tantiemen zu?"

Der Produzent warf gereizt die Hände in die Luft: „Ah, warum sind eigentlich alle immer so geldgeil?", rief er aufgebracht. „Das ist jedes Mal die erste Frage, je-des-Mal!" Er näherte sich wieder seinem Gesprächspartner, fuhr in ruhigerem Ton fort „Also – hör zu: da du völlig unbekannt bist, muss ich dich erst aufbauen, sprich: bekannt machen, Auftritte organisieren und so weiter. Das verschlingt Unmengen an Geld, zusätzlich zu den Produktionskosten für das Lied. Das hier ist nur ein Vertrag für dieses eine Lied. Du kannst noch viele weitere schreiben. Wenn du durch diesen einen Song berühmt bist, fallen die Zusatzkosten weg, dann bekommst du auch Tantiemen."

Es entstand eine Pause, in der Dietmar seinem potenziellen Vertragspartner intensiv in die Augen blickte. Danach lehnte er sich erneut voller Selbstsicherheit zurück. Scheinbar gelassen fügte er hinzu: „Wenn es nicht klappen sollte, setze ich viel Geld in den Sand. Wenn es aber funktioniert wie geplant, hast du mir dieses eine Lied geschenkt und kannst mit all deinen anderen Liedern viel Geld verdienen."

Zögernd nickte Flo. Dagegen war eigentlich nichts einzuwenden, es klang schlüssig. Trotz der vielen Auftritte hatte er es bislang maximal zu einem lokalen Bekanntheitsgrad gebracht. Wenn dieses eine Lied der Preis dafür war, wirklich berühmt zu werden, um danach mit allen anderen Songs richtig viel Geld zu verdienen, erschien das akzeptabel. Es war sein erstes Songbaby, deswegen hatte es für ihn einen ganz besonderen Stellenwert. Er durfte das Lied ja auch weiterhin singen - er bekam nur kein Geld dafür. Florian dachte an die vielen Auftritte, die sie schon umsonst gegeben hatten, nur um bekannt zu werden. Viel anders war das jetzt also auch nicht.

Er überflog den Vertrag, so gut dies bei dem im Club herrschenden Schummerlicht möglich war. Das las sich alles recht annehmbar, nur diese eine Klausel hier ... plötzlich stutzte er. „Was soll das heißen: ich darf die nächsten zwei Jahre keine Lieder mehr herausbringen?"

Dietmar schmunzelte gönnerhaft. „Das hast du nicht richtig gelesen. Da steht, dass du die nächsten zwei Jahre alle Platten mit mir produzieren musst. Du darfst keine Aufnahmen mit anderen Produzenten machen oder gar in eigener Regie aufgenommene veröffentlichen. Natürlich wirst du die nächsten zwei Jahre weitere Stücke veröffentlichen, selbstredend mit mir als Produzenten. Ich wäre ja dumm, dich erst aufzubauen, um dir dann zu verbieten, weitere Lieder herauszubringen."

Das war für Florian einleuchtend. Soweit er wusste, war es in der Musikbranche nicht unüblich, Mehrjahresverträge abzuschließen. Er starrte den Vertrag nochmals an. Alles hatte er nicht durchgelesen, dafür war der Vertrag zu lang und zu klein geschrieben. Aber wie Dietmar sagte, der Produzent wollte Geld verdienen, dafür musste er ihm als Sänger gewisse Freiheiten lassen, sonst würde die Kreativität darunter leiden. Schlimmstenfalls konnte man sicher den Vertrag auflösen. Er atmete nochmals tief durch, griff den bereitliegenden Kugelschreiber, dann setzte er schwungvoll Namen, Adresse und Unterschrift unter den Vertrag.

Herr Weiss grinste wie ein Honigkuchenpferd. „Du wirst sehen, im Handumdrehen bist du erfolgreich und wirst mit gar keinem anderen Produzenten mehr zusammenarbeiten wollen."

Er trennte einen der Durchschreibesätze des Vertrags ab, dann steckte er den Rest in seine Tasche. „Du hörst von mir, sobald ich einen Termin für die Aufnahmen frei habe."

Sichtlich zufrieden erhob er sich, reichte Florian zum Abschied die Hand und verließ den Rockclub ohne ein weiteres Wort.

Kapitel 2

Eine halbe Stunde später bestand Ricky darauf, dass sie jetzt nach Hause fahren sollten. Er hatte am nächsten Morgen noch einiges zu tun, deshalb wollte er vorher noch eine Mütze voll Schlaf bekommen. Ein paar Minuten lang gab es noch die üblichen Einwände wie „jetzt schon?", „och, nö, ich will noch ein Mädel klar machen" und „hey, noch zehn Minuten", schließlich fanden sich aber alle Bandmitglieder beim Auto ein.

Die Rückfahrt zum Proberaum verlief weitgehend schweigend. Alle hingen entweder ihren Gedanken nach oder dösten vor sich hin. Florian war die Ruhe im Transporter recht, er war ohnehin viel zu nervös, um einem ernsthaften Gespräch folgen zu können. Seine Gedanken kreisten ständig um den abgeschlossenen Vertrag. Es war so verlockend gewesen, aber jetzt überkamen ihn doch erhebliche Zweifel. War es wirklich klug gewesen, sein 'Songbaby' für die Chance auf Ruhm zu verkaufen? Vor allem zu diesen Konditionen und dann auch noch an Schnulzen-Didi? Wäre er beim Verkauf des Songs an einen Rockproduzenten genauso unruhig gewesen?

Er schüttelte innerlich den Kopf über sich selbst. Jetzt war es endlich soweit: der Erfolg war in greifbare Nähe gerückt und was machte er? Suchte das Haar in der Suppe, noch bevor sie aufgetragen wurde.

Schließlich hielt das Auto vor dem Proberaum. Das Ausladen verlief ebenfalls weitgehend schweigend. Jeder wusste, was wo hinzustellen war. Selbst die Bandmitglieder, die im Heaven unbedingt noch hatten bleiben wollen, spürten jetzt die Erschöpfung. Deshalb beeilten sie sich, um möglichst bald ins Bett fallen zu können.

Nachdem das Fahrzeug ausgeräumt war, verabschiedeten sich die jungen Männer voneinander.

Flo wollte gerade in sein Auto steigen, als Ioannis mit seinem Rennrad neben ihm anhielt.

„Hey Flo, sag mal, der Typ mit dem du im Heaven geredet hast - wer war das? Irgendwie kam mir der Kerl bekannt vor, ich kann aber nicht sagen, woher."

Überrascht drehte sich der Sänger zu Jo um. „Das war Dietmar Weiss. Du weißt schon, der Produzent."

Der Keyboarder bekam große Augen: „Schnulzen-Didi? Was wollte der denn in einem Rockschuppen? Und was wollte der von dir? Singst du jetzt nebenher Schlager ein, um Geld zu verdienen?"

Entsetzt wehrte Flo ab. „Bröh, also jeden Scheiß mach ich dann auch nicht, nur wegen der Kohle. Er hat gesagt, dass er jetzt Rocksongs produzieren will und einer der ersten Titel wird mein Life Goes On sein. Das Lied hat ihm gut gefallen."

Ioannis sah ihn skeptisch an. „So, hat er das gesagt. Hast du ihm deine Telefonnummer gegeben, damit er sich bei dir melden kann, oder was habt ihr so lange besprochen?"

Flo kam sich plötzlich vor wie in einem Verhör. Das war ihm unangenehm, weil er sich ertappt fühlte, weswegen er versuchte, abzuwiegeln. „Nein, er hat mir einen Vertrag gegeben. Sobald er Kapazitäten frei hat, um das Lied aufzunehmen, meldet er sich. Sonst noch Fragen? Ich würde jetzt auch gerne nach Hause fahren und 'ne Weile pennen."

Doch der Keyboarder ließ sich nicht einfach so abwimmeln. Er spürte, dass an der Geschichte etwas faul sein musste. Aufmerksam sah er den Sänger an. „Was dagegen, wenn ich mir den Vertrag mal durchlese? Bin zwar bloß Einzelhandelskaufmann, aber da habe ich auch mit Vertragsangelegenheiten zu tun. Ich bringe ihn dir dann morgen wieder vorbei, okay?"

Florian zögerte etwas. Er hätte sich gerne zuvor selbst intensiver mit dem Vertrag beschäftigt und eine Kopie gemacht, bevor er ihn aus der Hand gab. Auf der anderen Seite vertraute er Jo. Vielleicht war es ja auch ganz gut, wenn noch jemand anderes das Schriftstück durchlas. Heute Nacht würde er sich ohnehin nicht mehr damit befassen, dafür war er viel zu müde. Schließlich nickte er und kramte den Vertrag aus seiner Jackentasche heraus.

„Hier, aber mach 'ne Kopie, bevor du da drin Anmerkungen machst."

Jo grinste, während er den Vertrag an sich nahm. „Aber wenn ich eine Kopie gemacht habe, darf ich drin rumkritzeln?"

Verdutzt sah Flo seinen Freund an. „Was? Oh Mann, du Depp! Mach deine Anmerkungen halt in der Kopie. Mann, ich bin echt zu müde für solche Scherze."

Während sich der Sänger beim Gähnen beinahe den Unterkiefer ausrenkte, wurde das Grinsen des Keyboarders noch breiter. Er schwang sich auf sein Rennrad, rief Flo noch „dann bis morgen..." zu, bevor er rasant um die nächste Hausecke bog und außer Sichtweite war.

Flo setzte sich verdrossen in sein Auto, hielt sich grübelnd am Lenkrad fest; den Motor startete er jedoch nicht. Ohne dass sein Blick etwas Bestimmtes erfassen würde, starrte er gedankenverloren durch die Frontscheibe in die dunkle Gasse vor sich. Erneut fragte er sich, warum er bei der ganzen Sache so sehr Bauchweh hatte. Eigentlich müsste er doch vor Freude im Viereck hopsen! Endlich würde einer seiner Songs professionell aufgenommen und produziert werden. Mit Dietmar Weiss an seiner Seite konnte er wirklich den Durchbruch schaffen. Der Mann war schließlich bekannt dafür, dass einfach alles zu Gold wurde, was er anfasste. Ja, der verdiente damit Geld, vernahm er ein zartes Stimmchen in seinen Gedanken. Florian beschloss, dieses Stimmchen derzeit nicht hören zu wollen.

Er stieß einen tiefen Seufzer aus. Jetzt erst mal nach Hause, eine Nacht über die ganze Angelegenheit schlafen, dann würde morgen bestimmt alles ganz anders aussehen. Er ahnte nicht, wie recht er damit haben sollte.
Als der Motor schon beim ersten Startversuch ansprang, war er angenehm überrascht. Dies wertete er

als positives Omen, was ihn die Heimfahrt etwas entspannter angehen ließ.

Endlich zu Hause angekommen schleppte er sich in sein Schlafzimmer. Lediglich die Schuhe konnte er noch ausziehen, für mehr reichten seine Kräfte nicht mehr. Trotz der aufwühlenden Ereignisse schlief er sofort ein, als er ins Bett fiel.

Kapitel 3

Die Türklingel riss Flo am nächsten Morgen aus seinem wenig erholsamen, weil zu kurzen, Schlaf. Erschrocken setzte er sich in seinem Bett auf. War da jemand mit dem Finger auf der Klingel eingepennt, oder warum war das so ein nerviger Dauerton? Gähnend schlurfte er zur Sprechanlage. „Ist ja gut, was ist denn los? Wer ist da überhaupt?", nuschelte er verärgert in den Hörer.

„Mach auf, wir müssen reden", tönte ihm die Stimme von Jo entgegen.

Flo drückte auf die Taste für den Türöffner. Er fragte sich, wie der Keyboarder schon wieder so munter sein konnte, während er selbst erneut herzhaft gähnen musste. Wahrscheinlich Sauerstoffüberschuss durch das viele Herumturnen in allen Lebenslagen. Das konnte doch nicht gesund sein ... Kopfschüttelnd schlurfte er in seine kleine Küche und setzte einen starken Kaffee auf. Dann merkte er, dass irgend etwas nicht so war, wie es eigentlich sein sollte. Warum war sein Schlafanzug heute so unbequem? Als er an sich herunter sah, wusste er die Antwort. Na, das würde er jetzt auch nicht ändern. Aber warum hatte er ...? Dann holte ihn das Gespräch mit Dietmar Weiss wieder ein. Ihm war plötzlich übel.

Genau in diesem Moment erschien Ioannis in der Küchentür. „Wir müssen reden", warf er aufgebracht dem erstaunten Florian statt einer Begrüßung nochmals an den Kopf, dabei wedelte er mit Papierseiten herum, die Flo schließlich als seinen Vertrag mit Herrn Weiss erkannte.

Beunruhigt von dem ernsten Gesichtsausdruck seines Freundes und der seltsamen Begrüßung ließ er fast die Teller fallen, die er gerade aus dem Küchenschrank herausgenommen hatte. „Setz dich doch schon mal an den Tisch, ich komme gleich", antwortete er ausweichend. Vor Aufregung war seine Kehle trocken, seine Stimme klang kratzig.

Nach wenigen Minuten war der Frühstückstisch gedeckt. Dem übermüdeten Sänger war deutlich anzumerken, wie ihm das Heißgetränk wieder neue Lebensenergie einflößte. Jo ließ ihn kommentarlos gewähren, auch wenn ihm anzusehen war, dass er eigentlich nicht warten wollte. Sie kannten sich aber lange genug, damit der Keyboarder wusste, dass sein Freund nicht ansprechbar war, bevor er seinen ersten Kaffee hatte.

Kaum hatte Flo einen ersten großen Schluck von dem schwarzen Gebräu genommen, brach es aber aus Jo heraus: „Ich habe mir den Vertrag angesehen. Der ist eine einzige Unverschämtheit und ein richtiger Knebelvertrag! Hast du gelesen, dass du keinen Cent für deinen Song bekommst?"
Der Sänger seufzte. „Ja, habe ich gesehen. Schmeckt mir auch nicht wirklich, aber da muss ich den

Argumenten von Schnulzen-Didi recht geben: er muss erst einiges an Geld reinstecken, bis mein Song soweit bekannt ist, dass man richtig Geld damit verdienen kann. Wenn wir dann aber erstmal berühmt sind, dann können wir mit den nachfolgenden Liedern viel Geld verdienen."

Erwartungsvoll sah er Jo an, der nur verständnislos eine Augenbraue leicht nach oben zog. „Wir? Von Flo Circus habe ich im Vertrag nichts gelesen. Zum Glück. Der Vertrag betrifft nur dich, allerdings nicht nur Life Goes On."

Jetzt war es Flo, der die Augenbrauen nach oben zog. „Was meinst du damit, dass es nicht nur meinen Song betrifft? Und was das wir angeht, ja, im Vertrag steht nur mein Name, eben weil es um meinen Song geht. Aber natürlich veröffentlichen wir den unter dem Namen Flo Circus und ihr spielt die Instrumente. Ist doch klar!"

Er erntete nur ein Kopfschütteln.

„Wenn du mich fragst, hat dich dieser Produzent gewaltig übers Ohr gehauen. Dein Lied gehört durch den Vertrag ihm und du in gewisser Weise gleich mit."

Jo sah an der Miene des Sängers bereits die kommenden Einwände und hob gleich die Hand, um eventuellen Widersprüchen Einhalt zu gebieten.

„Alle Rechte des Songs liegen bei Dietmar Weiss, aber einsingen musst du. Er behält sich allerdings vor, das Lied nach seinem Gutdünken zu produzieren. Bin mal gespannt, ob du den Song danach selbst noch wiedererkennst. Außerdem hast du dich verpflichtet, die nächsten zwei Jahre ausschließlich mit ihm als Produzenten Lieder aufzunehmen. Also nicht nur veröffentlichen, sondern tatsächlich auch aufzunehmen. Genau genommen dürfen wir ab sofort unsere Live-Gigs nicht mehr aufzeichnen, außer Schnulzen-Didi ist dabei und leitet die Aufnahme."

Flo fiel die Kinnlade nach unten. Jo verzog nochmals kurz missbilligend den Mund, bevor er fortfuhr: „Außerdem hast du dich verpflichtet, die nächsten zwei Jahre nach Herrn Weiss' Pfeife zu tanzen. Das heißt, du musst Auftritte nach seinen Anweisungen absolvieren. Seine Anweisung bedeutet, dass er bestimmt, wann du wie lange und mit welchem Songmaterial auftrittst. Da sag ich nur: geregelter Job – ade. Der scheucht dich, wenn's schlecht läuft, wochenlang durch's ganze Land, Hauptsache die Kohle fließt, und zwar ausschließlich in seinen Geldbeutel. Du bekommst für deinen Song ja nichts und mehr als diesen wird er dich zumindest vorerst nicht singen lassen. Die Fahrtkosten gehen wohl auf seine Kappe, aber du selbst wirst kein Geld sehen. Wenn's blöd läuft, bekommst du nicht einmal das Essen bezahlt."

Der Sänger war zwischenzeitlich leichenblass geworden, starrte Jo mit offenem Mund an. „Scheiße", flüsterte er tonlos. „Kann ich den noch irgendwie rückgängig machen?"

Der Keyboarder schüttelte den Kopf. „Nope. Sieht jedenfalls nicht danach aus."

Die beiden jungen Männer saßen sich noch einige Zeit in brütendem Schweigen gegenüber. Doch keiner hatte auch nur den Schimmer einer Ahnung, wie Flo aus diesem Schlamassel wieder herauskommen könnte. Schließlich stand Ioannis auf. „Ich werde mich mal umhören, ob noch irgendwas zu retten ist. Bis dahin wirst du wohl oder übel mitspielen müssen. Allerdings solltest du den anderen Jungs so schnell wie möglich Bescheid sagen, in was für eine Scheiße du da reingeraten bist. Vielleicht hat ja einer von ihnen eine hilfreiche Idee. Doch selbst wenn nicht, sie müssen erfahren, was Sache ist."

Im Hinausgehen drehte er sich nochmals um. „Ach ja, dein Life Goes On sollten wir bei den nächsten Konzerten lieber nicht spielen, egal, ob die Fans darum bitten oder nicht. Nicht, dass uns der schmierige Kerl noch wegen Vertrags- oder Urheberrechtsverletzung oder so was am Arsch kriegt. Es reicht, wenn du in der Scheiße steckst, das müssen wir nicht auf alle ausdehnen."

Als Ioannis die Wohnung verließ, hob er nochmals die Hand zum Gruß, fünf Sekunden später starrte Flo wie paralysiert die geschlossene Tür an. Obwohl er bereits eine ganze Tasse Kaffee getrunken hatte, fühlte sich seine Kehle immer noch wie ausgedörrt an. Außerdem begannen seine Beine zu zittern. Wäre er nicht bereits auf einem Stuhl gesessen, hätte es ihn wohl auf den Boden gesetzt.

Sein Blick senkte sich vor Kummer. Er starrte nun seine Tasse an, ohne sie wirklich wahrzunehmen, denn er sah sich bereits unter Brücken nächtigen.

Kapitel 4

Flo wusste nicht, wie lange er so dagesessen hatte. Irgendwann wurde ihm bewusst, dass er noch immer in seinen zerknitterten Klamotten vom Vortag dasaß und eigentlich reichlich Durst hatte. Es dauerte aber nochmals gut und gerne fünf Minuten, bis er sich dazu aufraffen konnte, eine weitere Tasse Kaffee einzuschenken.

Ganz allmählich lichteten sich seine Gedanken. Was war jetzt zu tun? Was konnte er jetzt tun? Jo hatte recht: als erstes musste er die Band informieren. Und dann? Erstmal abwarten, was weiter passierte? Darauf hoffen, dass doch noch jemand eine Möglichkeit fand, wie er aus der Nummer wieder rauskam?

Während er seinen Kaffee austrank, griff er nach seinem Smartphone, um eine Nachricht an die Band zu schreiben. „Krisensitzung. Heute Nachmittag 14:00 Uhr Proberaum. Danke, Flo."

Als es an der Zeit war, machte er sich mit gemischten Gefühlen auf den Weg. Wie die anderen wohl reagieren würden? Er fühlte sich wie ein Versager, dass er sich so hatte übers Ohr hauen lassen. Aber gestern Abend hatte sich alles noch gut und richtig angefühlt. Nun, nicht ganz, korrigierte er sich selbst in Gedanken. Auch da war schon unterschwellig ein ungutes Gefühl gewesen, das er aber erfolgreich ignoriert hatte. Er gestand sich ein, dass er einfach nur von der Aussicht auf Ruhm und Erfolg geblendet war. Alles andere hatte er gar nicht hören wollen. Hätte er doch nur auf sein Bauchgefühl gehört, da vielleicht schon jemand von der Band dazu geholt, oder Schnulzen-Didi ganz klar gesagt, dass er entweder Zeit braucht, alles genau durchzulesen oder nicht unterschreiben würde. Das wäre klug gewesen.

Er seufzte. Jetzt war nichts mehr zu ändern. Diesen Fehler hatte er nun einmal begangen, jetzt musste er auch zusehen, dass er die nächsten zwei Jahre so unbeschadet wie möglich überstand.

Er erinnerte sich an die düstere Prophezeiung von Jo. Es war wohl das Beste, gleich am nächsten Tag mit seinem Arbeitgeber zu sprechen. Vielleicht konnte er wenigstens da etwas aushandeln, dass er seinen Job nicht verlor. Das würde nämlich bedeuten, seinen Eltern sein Versagen einzugestehen und für die nächsten zwei Jahre wieder in sein Kinderzimmer einzuziehen. Nein, so weit durfte es nicht kommen. Es musste einfach eine andere Lösung geben!

Ioannis kam gleichzeitig mit Flo im Proberaum an. Er sah den Sänger aufmunternd an. „Wird dir schon keiner den Kopf abreißen. Gut, wirkliche Begeisterung wird auch nicht aufkommen, aber ... sei einfach du selbst und ehrlich. Gemeinsam finden wir eine Lösung, irgendwie."

„Gemeinsam finden wir eine Lösung? Hört sich jetzt nicht gerade toll an. Was ist denn los?" Unbemerkt war

Matze in den Proberaum gekommen und hatte Jos letzten Satz mitbekommen.

Flo ließ die Schultern hängen. „Nachher. Ich will die ganze Scheiße nicht mehrmals erzählen müssen."

Matze sah forschend in das Gesicht seines Freundes. „Deiner unglücklichen Miene nach kommt da was wirklich Übles. Jetzt bin ich zwar erst recht neugierig, aber warten wir auf die anderen."

Kurze Zeit später war die Band, inklusive Max, vollzählig versammelt. Flo erzählte so nüchtern wie möglich von dem unterzeichneten Vertrag. Damit sie sich selbst ein Bild machen konnte, hatte er für jedes Bandmitglied eine Kopie gefertigt.

Als er Steffen eine Ausfertigung überreichen wollte, riss der sie ihm aus der Hand, zerknüllte sie und sprang wutentbrannt auf. „Was soll ich mit dem Müll?", brüllte er. Zornig hielt er Flo die Papierkugel vors Gesicht, bevor er sie in die nächste Raumecke pfefferte. „Willst du mir zeigen, was für ein toller Hecht du bist, dass du jetzt einen Plattenvertrag hast und wir anderen nicht? Ich hätte nicht gedacht, dass du so ein Kameradenschwein bist! Einfach selbst die Lorbeeren einheimsen und uns außen vorlassen. Mir reicht, was du erzählt hast, das brauch ich nicht auch noch Schwarz auf Weiß!"

Er funkelte den Sänger nochmals böse an, dann schnappte er sich seine Jacke und war schneller zur Tür draußen, als die anderen reagieren konnten.

Nach diesem Auftritt herrschte betretene Stille. Flo holte Luft, weil er etwas sagen wollte, doch Ioannis kam ihm zuvor. „Au weia, da hat aber einer etwas in den ganz falschen Hals bekommen. Ich werde später nochmal mit ihm reden müssen. Aber nun hört bitte zu: Flo weiß, dass er Mist gebaut hat, deshalb bittet er um unsere Hilfe und Unterstützung. Er hat den Vertrag kopiert in der Hoffnung, dass jemand eine Möglichkeit findet, wie er möglichst unbeschadet wieder aus der Geschichte herauskommt.

Außerdem glaube ich ihm, dass er die Aufnahme und Veröffentlichung von Life Goes On als eine Art Trailer angesehen hatte, um die Band in der Welt bekannt zu machen. Sollte sich tatsächlich der erhoffte Erfolg einstellen, würden seinem Verständnis nach weitere Aufnahmen mit der ganzen Band folgen. Wir spielen schon so lange zusammen. Wenn wir uns untereinander nicht mal so viel Vertrauen entgegenbringen, sollten wir uns fragen, ob wir überhaupt in dieser Zusammensetzung als Band bestehen bleiben wollen."

Matze, Ricky und Max sahen sich an. Schließlich war es Ricky, der das Wort ergriff: „Flo, es ist gut, dass du uns alles gebeichtet hast. Aber es wäre noch deutlich besser gewesen, wenn du uns gestern gleich alle an den Tisch geholt hättest, noch bevor du den Vertrag unterschrieben hast."

Er machte eine Pause, sah nochmals von einem zum anderen. „Ich kann irgendwie verstehen, dass Steffen sauer ist. Bin ich, ehrlich gesagt, auch, zumindest ein bisschen. Aber Jo hat recht: wir sind eine Band, deshalb halten wir zusammen, wie wir das immer getan haben. Jeder von uns hat schon mal Mist gebaut, trotzdem haben wir stets zusammengestanden. Daher sollten wir das auch jetzt tun, um Flo zu helfen, so gut es geht. Eine gute Freundin meiner Mutter ist Rechtsanwältin, allerdings wohl gerade im Urlaub, wenn ich das richtig verstanden habe. Aber ich frage sie gerne zu der Sache, wenn sie wieder da ist. Nur mal fragen kostet mich ja nichts."

Flo fiel nicht nur ein Stein, sondern gleich ein ganzes Gebirge vom Herzen, nachdem auch Matze und Max durch ein Nicken zu verstehen gaben, dass sie der gleichen Meinung waren wie Ricky.

Da Jo ja noch mit Steffen reden wollte, würde wohl auch das wieder ins Lot kommen. Vermutlich nicht sofort, aber hoffentlich bald. Bestimmt würde er noch eine Weile beleidigt sein. Flo hoffte aber, dass die Band trotzdem weiterhin Bestand haben würde.

Florian seufzte tief. Seine Miene hellte sich etwas auf. „Danke für eure Unterstützung, Leute. Es wird mir ganz sicher eine Lehre sein. Wie Jo schon sagte, wollte ich keine Solonummer durchziehen, sondern mit Flo Circus erfolgreich werden. Ich bin fälschlicherweise davon ausgegangen, dass sich der Vertrag nur auf die Rechte dieses einen Songs bezieht. Da der von mir ist, habe ich mir nichts Böses dabei gedacht, als ich unterschrieben hatte. Was ich da wirklich angerichtet habe, wurde mir erst heute Morgen so richtig bewusst, als Jo mir den Vertragsinhalt nochmals richtig aufgedröselt hat."

Erneut holte er tief Luft. Faktisch hatte sich seit diesem Morgen nichts geändert, dennoch fühlte er sich etwas leichter, nachdem er wusste, dass die Band hinter ihm stehen würde. Zwar noch nicht alle und noch nicht hundertprozentig, aber doch so, dass er jetzt den Kopf frei haben würde, um mit seinem Chef zu reden. Dann würde er der Dinge harren, die da noch kommen würden.

Zurückhaltender als beabsichtigt fragte er, ob es denn bei der Montagsprobe bleiben würde. Ohne Zögern erntete er von seinen Freunden Zustimmung. Ricky und Jo versprachen, vorher mit Steffen zu reden in der Hoffnung, dass auch er professionell genug war, zur Probe zu erscheinen, selbst wenn er Flo vermutlich noch nicht verziehen haben würde.

Das Gespräch mit seinem Chef am nächsten Morgen verlief für Florian erstaunlich gut. Aufgrund der guten Arbeit, die er erbrachte, erhielt er die Zusage, dass er in den nächsten zwei Jahren auch ein paar Tage unbezahlten Urlaub nehmen durfte, wenn es der leichtsinnig abgeschlossene Vertrag erfordern sollte. Wirkliche Begeisterung zeigte sein Vorgesetzter zwar nicht angesichts der zu erwartenden Fehlzeiten, aber wenigstens Verständnis. Das war schon mehr, als sich der Sänger erhofft hatte.

Die Bandprobe an diesem Abend wurde mehr zur Zerreiß- als zur Musikprobe. Steffen war zwar tatsächlich gekommen, schaltete jedoch bei allem, was

Flo sagte, komplett auf Durchzug. Bat er darum, dass ein Lied nochmals von vorne gespielt wurde, drosch Steffen weiter auf sein Schlagzeug ein, bis ein anderes Bandmitglied die gleiche Bitte äußerte.

Am Ende der Probe wollte Flo nochmals mit Steffen reden. Dieser beachtete ihn aber überhaupt nicht. Nachdem sich der Schlagzeuger von allen anderen verabschiedet hatte, verließ er den Proberaum, als wäre der Sänger überhaupt nicht anwesend.

„Schätze, der braucht noch 'ne Weile, bis er wieder normal ist", versuchte Ricky, den ziemlich bedröppelt dreinschauenden Flo zu trösten. „Aber das wird wieder, hoffe ich", setzte er dann noch hinzu.

Florian ließ sich kraftlos auf einen Stuhl sinken, dann vergrub er verzweifelt das Gesicht in seinen Händen, um zu verbergen, dass ihm Tränen in die Augen traten. „Es ist schon echt übel, dass ich so in der Scheiße sitze, aber wenn das jetzt auch noch einen Keil zwischen die Band treibt, sollte ich mich besser verabschieden. Ihr sollt nicht auch noch darunter leiden, dass ich so blöd war."

Jo stellte sich seitlich von ihm mit verschränkten Armen an die Wand. Mit eindringlicher Stimme sprach er: „Keiner verlässt hier die Band und unser Namenspate schon gar nicht. Ich bin mir sicher, dass wir alle, Steffen eingeschlossen, den gleichen Fehler gemacht hätten. Bekommt man von einem Erfolgsproduzenten die Chance auf den großen Durchbruch angeboten, wird keiner lange zögern, sondern zugreifen. Legt der einem dann auch gleich noch den Vertrag hin, sieht man sich doch am Ziel seiner Träume. Logisch, dass da die Vernunft den Kürzeren zieht. Verdammt, wenn ich's tue - verdammt, wenn ich's nicht tue. Unterschreibe ich, sitze ich in der Falle - unterschreibe ich nicht, geht mir eine großartige Gelegenheit flöten. Als Unerfahrener fällt man vor lauter Euphorie halt leider darauf herein. Und damit kalkuliert Schnulzen-Didi. Flo wird sicher nicht der erste sein, der ihm mit dieser Methode auf den Leim gegangen ist." An den Sänger gewandt ergänzte er: „Vielleicht tröstet dich das ja etwas, auch wenn es an der aktuellen Situation leider nichts verbessert. Ich werde nochmals mit Steffen reden. Auch wenn er heute ziemlich bockig war, habe ich das Gefühl, dass er kurz davor ist, über seinen eigenen Schatten zu springen."

Er machte eine kurze Pause. Grübelnd zog er die Augenbrauen zusammen, während er auf einen unbestimmten Punkt vor sich starrte. Dann fuhr er fort: „Hört mal alle her, ich hatte gerade eine Idee. Der nächste Auftritt ist erst in zwei Wochen, richtig?" Zustimmendes Nicken. „Wir hatten in der letzten Zeit ziemlich viele Auftritte, das heißt: die Lieder sitzen, das Einstudieren eines neuen Songs ist gerade auch nicht vorgesehen. Deshalb würde ich vorschlagen, wir lassen die Probe am Mittwoch ausfallen, sagen Steffen aber nichts davon. Ich treffe ihn dann hier und werde in aller Ruhe mit ihm reden. Was haltet ihr davon?"

Ricky nickte, schüttelte aber gleich darauf den Kopf. „Ja - nö, also, ich meine: Probe ausfallen lassen ist in Ordnung. Aber ich werde auch da sein. Steffen und ich unternehmen ja auch in unserer Freizeit einiges gemeinsam, weshalb ich ziemlich gut weiß, wie er tickt.

Mehr sollten aber nicht kommen. Nur Jo und ich, sonst fühlt er sich wahrscheinlich überfahren."
Zustimmend nickten alle Anwesenden.

Zum Abschied fand jeder noch ein paar aufmunternde Worte für Flo, was ihn tatsächlich beruhigte. Es tat gut, zu wissen, dass er Freunde hatte, die ihm beistanden. Gemeinsam konnten sie es schaffen, aus der Misere herauszukommen - irgendwie.

Kapitel 5

ie nächsten sechs Wochen gingen ereignislos ins Land. Steffen redete privat zwar noch immer nicht mit Flo, aber wenigstens war er nach einem sehr ausführlichen Gespräch mit Ricky und Jo bereit, auf musikalischer Ebene wieder mit ihm zusammenzuarbeiten. Die von Ricky vorgeschlagene Rechtsanwältin hatte zwischenzeitlich eine Kopie des Vertrags vorliegen, war aber so mit regulären Aufträgen eingedeckt, dass sie sich noch nicht weiter darum hatte kümmern können.

Da Flo nichts mehr von dem Produzenten gehört hatte, hegte er die leise Hoffnung, dass Schnulzen-Didi bei seiner Talentsuche so viele Verträge unterschrieben hatte, dass er gar nicht alle Vertragspartner auch tatsächlich zum Einsingen vorladen würde. Bestimmt gab es genügend Leute, die das wirklich wollten, im Zweifelsfall sogar auf die Erfüllung des Vertrags pochten. Aber zu diesen Leuten gehörte Florian nicht. Er hoffte vielmehr darauf, dass er irgendwie vergessen worden war.

Bei ihren Auftritten unterließen es Flo Circus fortan bewusst, Life Goes On zu spielen, um sich nicht einer Verletzung von irgendwelchen Rechten schuldig zu machen, die Flo so leichtsinnig vergeben hatte. Davon abgesehen hatte sich an ihren Auftritten nicht wirklich etwas geändert.

Die Band hatte erneut einen Auftritt im Heaven ergattert. Flo starrte vom Beifahrersitz aus durch die Frontscheibe des Transporters, ohne dort draußen etwas Bestimmtes zu erfassen. Vor lauter Nervosität knetete er unaufhörlich während der gesamten Hinfahrt seine Hände. Er hoffte, dass sich die aufsteigende Übelkeit so weit in Grenzen halten würde, dass er überhaupt singen konnte. Die Erinnerung an die Ereignisse nach dem letzten Auftritt dort war einfach zu präsent, um sie beiseiteschieben zu können. Er sah zu Ricky, der den Transporter souverän durch den Verkehr steuerte. Flo kannte ihn aber gut genug, um zu wissen, dass auch er leicht nervös war.

Im Vorfeld hatte es einige Diskussionen gegeben, ob sie überhaupt im Heaven auftreten sollten. Doch dann hatte Matze argumentiert, dass der Weiss vermutlich nicht zweimal am selben Ort auftauchen würde, wenn eine Band spielte, die er bereits gehört hatte.
Nach zögerlicher Übereinkunft hatten sie schließlich den angebotenen Auftritt zugesagt.

Als der Rockclub in Sichtweite kam, musste Florian stark an sich halten, um Ricky nicht hirnlos anzubrüllen, dass er sofort umdrehen solle. Aus dem Unwohlsein war inzwischen eine mittelschwere Übelkeit mit Bauchschmerzen geworden. Na, das konnte ja heiter werden.

Jo, der schräg hinter ihm saß, beugte sich zu ihm nach vorne. „Wir sind alle ein bisschen nervös. Das wird schon. Wenn du willst, gehe ich zuerst rein und schau nach, ob der Typ da ist."

Flo rang sich mühsam ein Lächeln ab. „Danke für das Angebot. Aber ich denke, falls der wirklich kommen sollte, dann wohl erst gegen später. Unser Auftritt beginnt in zwei Stunden, vorher müssen wir noch aufbauen. Warum sollte er also, wenn überhaupt, jetzt schon da sein? Wenn er was von mir will, hat er meine Adresse und Telefonnummer."

„Und warum sind dann alle so nervös? Vor allem du, Flo. Du hast während der Fahrt deine Finger so verknotet, dass ich mich schon gefragt habe, ob du die nachher überhaupt wieder auseinander bekommst", ließ sich Steffen brummig von einem der hinteren Sitze vernehmen.

Matze verdrehte die Augen: „Wir sind nervös, weil in dem Schuppen da vorne die Scheiße angefangen hat. Ich gehe ja immer noch davon aus, dass Schnulzen-Didi heute Abend nicht kommt, aber Flo hat recht: wenn, kommt er später. Warum sollte er sich auch unseren Aufbau ansehen? In vier Stunden wissen wir mehr. Bis dahin heißt es Augen zu und durch und dabei unser Bestes geben."

Das Fahrzeug hielt neben dem Bühneneingang auf der Rückseite des Gebäudes an.
Doch bevor sie ausstiegen, sonderte Max noch einen Spruch ab. „Die fünf Musketiere reisen in der Kutsche an, um den Ruf ihrer männlichen Dramaqueen zu

verteidigen. Und den Bandnamen natürlich. Einer für alle, alle für einen, oder so..."
Lachend klatschten sie einander in die erhobenen Hände, Stimmung und Motivation waren mit einem Mal wieder hergestellt.

Fünf Stunden später saß die ganze Band zufrieden wieder im Transporter, Flo hatte sich nicht übergeben müssen. Vielmehr war die ganze Band zur Höchstform aufgelaufen, hatte dabei dem Publikum zwei volle Stunden lang eingeheizt.
Der Club war auch diesmal wieder sehr gut besucht, die Gäste erneut in Feierlaune, was sich an der umsatzorientierten Gage äußerst positiv bemerkbar gemacht hatte. Herr Weiss hatte sich nicht blicken lassen und beim Einräumen der Instrumente hatte Steffen sogar kurz mit dem Sänger gescherzt.
Alles in allem ein gelungener Abend, wie er nicht besser hätte laufen können. Sowohl die großartig dargebotene Show, die ihnen selbst wahnsinnig Spaß gemacht hatte, als auch die unglaubliche Resonanz des begeisterten Publikums hatte die fünf jungen Musiker wieder näher zusammengebracht.

Während der Rückfahrt sah Florian verträumt zum Seitenfenster hinaus, ein leichtes Lächeln umspielte seine Lippen. So glücklich hatte er sich seit Abschluss dieses verhängnisvollen Vertrags nicht mehr gefühlt.

Sollte ihn der Produzent tatsächlich vergessen haben oder sein Lied eben doch nicht als so geeignet erachten, konnten sie einfach die nächsten zwei Jahre so viele Auftritte wie möglich absolvieren, sich so in der näheren und etwas weiteren Umgebung einen Namen in der Szene machen und dann, wenn der Vertrag abgelaufen war, versuchen, als Band einen richtigen Plattenvertrag zu bekommen.

Flo seufzte. Wenn jetzt eine gute Fee erscheinen würde und er einen Wunsch frei hätte, würde er sich genau das wünschen - oder vielleicht doch gleich die Aufhebung des Vertrags. Das wäre noch besser.

Wie so oft im Leben weichen Wunsch und Realität leider gewaltig voneinander ab.

Als Flo am nächsten Abend von der Arbeit nach Hause kam, lag ein Brief in seinem Postkasten.

Böses ahnend zögerte er zunächst, riss ihn dann aber an sich, um nach dem Absender zu sehen: Dietmar Weiss. Plötzlich brach alles wieder über ihn herein, er begann zu zittern und hatte das Gefühl, sein Herz würde stehen bleiben.

Dem Verlangen, den Brief sofort zu öffnen, konnte er mühelos widerstehen. Er wollte hierfür lieber sitzen, denn seine Beine fühlten sich so schon an wie Gummi. Er war sich in diesem Moment nicht sicher, ob diese nicht unter ihm nachgeben würden, wenn er den Inhalt des Briefes las.

In seiner Wohnung angekommen, sank er langsam auf einen Stuhl.

Unentschlossen drehte er das Schreiben ein paarmal in der Hand. Am liebsten hätte er es verbrannt und dann behauptet, ihn nie bekommen zu haben. Doch das würde ihm höchstens – wenn überhaupt – einen kleinen Aufschub, dafür aber viel zusätzlichen Ärger bescheren.

Schließlich atmete er einmal tief ein und aus, um seinen ganzen Mut zusammenzukramen. Entgegen seiner Gewohnheit, einen Briefumschlag mit dem Finger aufzufetzen, verwendete er diesmal ein scharfes Messer als Brieföffner. Schließlich war es möglich, dass der Umschlag noch benötigt wurde. Dann wäre es besser, er würde nicht so zerrupft aussehen.

Das Herz schlug ihm bis zum Hals, als er das gefaltete Stück Papier entnahm: ein DIN-A-4-Bogen mit Dietmar Weiss' Adresse im Briefkopf, das Schreiben übertitelt mit dem Begriff 'Einladung'.
Flo überflog den Text zunächst, danach las er ihn nochmals aufmerksam Wort für Wort von der ersten Zeile an.
Es schien, als wäre die ganze Aufregung unnötig gewesen, denn was da zu lesen war, hörte sich erstmal nicht schlecht an: 'Termin für erste Probeaufnahme' - Flo warf einen Blick auf den Kalender - 'in vierzehn Tagen. Voraussichtliche Dauer der Aufnahmen: eine Woche. Unterbringung auf Kosten von Herrn Weiss in einer nahegelegenen Pension, ohne Verpflegung.'
Ohne Verpflegung? Also doch. War zwar irgendwie enttäuschend, aber zum Glück hatte ihn Jo ja schon vorgewarnt, dass dies der Fall sein könnte. Deshalb traf ihn das jetzt nicht ganz so überraschend. Selbstverpflegung war er ja ohnehin gewohnt. Aber

weiter im Text: 'Anreise auf eigene Kosten. Während des Aufenthalts: Namensfindung.'

Flo stutzte. Wieso Namensfindung? Der Song hieß Life Goes On. Das war auch der Titel, der im Vertrag stand. Er nahm sich fest vor, diesen Liednamen auch zu verteidigen.

Er las sich den Brief noch mehrmals aufmerksam durch, konnte aber nichts entdecken, was nach weiteren Fallstricken aussah. Dass er sämtliche Rechte an seinem Lied abgegeben hatte, war zwar blöd, stand aber nicht mehr zur Debatte. Lediglich der Punkt mit der Namensfindung bereitete ihm Unbehagen, aber sonst? Es klang alles plausibel, schien alles seine Richtigkeit zu haben, oder? Er hatte ja keine Erfahrung mit so etwas.

Den Brief würde er auf jeden Fall wieder kopieren, um es seinen Bandkollegen sowie der Anwältin zu zeigen. Sicher war sicher. Auch wenn es im Moment so aussah, als wäre alles legitim, hatte er ein sehr ungutes Gefühl bei der Sache, konnte aber nicht sagen, warum.

Gleich bei der Probe am selben Abend zeigte er den anderen die Einladung. Diese schlossen sich seiner Meinung an: auf den ersten Blick sah alles gut aus, doch es blieb ein unbestimmtes Magengrimmen.

Jo bot sich an, ebenfalls Urlaub zu nehmen, um mitzureisen, was Flo aber dankend ablehnte. Der Keyboarder hatte schließlich so schon viel für ihn getan. Es war gut möglich, dass er seine Hilfe noch dringend benötigen würde, aber da musste der Sänger jetzt erstmal alleine durch.

Er versprach jedoch, Jo jeden Abend anzurufen, um ihm mitzuteilen, was den Tag über so gelaufen war.

Kapitel 6

Zwei Wochen später stand Florian mit Reisetasche und Gitarrenkoffer am Bahnhof von Großrumpelshausen. Nach einigem hin- und herüberlegen hatte er sich für die Bahnfahrt entschieden. Zum einen hatte er erhebliche Zweifel, dass seine alte Karre die Strecke von fast zweihundertdreißig Kilometern durchgehalten hätte. Was aber noch viel wichtiger war: so hatte er keine Möglichkeit gehabt, einfach kurz vor dem Ziel wieder umzudrehen. Je näher er dem Ziel kam, desto mehr steigerte sich die Nervosität. Wahrscheinlich hätte er sich zum Schluss nicht einmal mehr auf das Fahren konzentrieren können. Einen Unfall zu verursachen war das Allerletzte, was er jetzt gebrauchen konnte.

An der gegenüberliegenden Bushaltestelle angekommen studierte er den Fahrplan. Bereits in zehn Minuten sollte der nächste Bus nach Kleinrumpelshausen fahren. Dort befanden sich sowohl die Pension als auch das Studio des Produzenten.

Nach ihm war ein hübsches, dunkelhaariges Mädchen aus dem Zug ausgestiegen, ebenfalls mit Reisetasche und Gitarrenkoffer ausgestattet. Flo schätze sie auf etwa sein Alter. Als sie an der Haltestelle neben dem jungen Mann stand, fiel ihr Blick auf seinen Gitarrenkoffer. Erstaunt hob sie die Augenbrauen, sagte jedoch nichts. Danach sah sie in die Richtung, aus der sie den Bus erwartete.

Der Gitarrenkoffer der jungen Frau weckte im Gegenzug auch Florians Aufmerksamkeit. So weit weg von zu Hause, und dann standen zur gleichen Zeit am gleichen Ort mitten im Nirgendwo nur zwei junge Leute mit Reisetasche und Musikinstrument? Zufall? – Eher unwahrscheinlich. Nach gut fünf Minuten des Schweigens beschloss Florian, seiner Neugierde nachzugeben. „Willst du auch nach Kleinrumpelshausen?", fragte er. Sie sah ihn neugierig an, nickte dann scheu. Der Sänger nickte freundlich lächelnd zurück.

Sein ungutes Bauchgefühl war in den letzten vierzehn Tagen nicht besser geworden, da musste er nicht auch noch durch vorlaute Sprüche negativ auffallen, die seine Situation verschlechtern konnten.

Das Mädchen sah ihn erstaunt an: „Auch? Heißt das, du hast ebenfalls einen Studiotermin? Dann scheint er wirklich auf Rockmusik umstellen zu wollen, denn nach Schlager siehst du ganz bestimmt nicht aus. Ich selbst singe auch Rocksongs. Deshalb war ich ziemlich erstaunt, als er mich angesprochen hatte. Mal sehen, was draus wird. Ich bin übrigens Mia."

Das würde den Aufenthalt doch gleich viel angenehmer machen, dachte Florian, als er dies hörte. „Schön dich zu treffen, Mia. Mein Name ist Florian, oder Flo. Bist du auch in der Pension Stilzbach untergebracht?"

Mia nickte und lächelte Flo fröhlich an. „Ja. Oh, das ist toll, dann können wir uns ja abends in aller Ruhe austauschen. Gemeinsam werden wir dem Schnulzen-Didi schon beibringen, wie Rockmusik zu klingen hat."

Florian stimmte bekräftigend zu, musste dann grinsen, als er hörte, wie Mia den Produzenten bezeichnete. So wie sie das ausgedrückt hatte, war er wohl nicht der einzige, der wegen der bisherigen Schlagerproduktionen von Herrn Weiss etwas in Sorge war. Aber scheinbar war Dietmar gerade wirklich dabei, musikalisch umzuschwenken, wenn er gleich zwei Rocksänger unter Vertrag nahm. Dass es scheinbar doch eine richtige Rockmusik-Produktion werden sollte, beruhigte ihn ein wenig. Genauso wie die Tatsache, dass er nun mit seinem Schicksal nicht mehr alleine war, was seine Magenschmerzen ein wenig linderte.

Kurze Zeit später stiegen Flo und Mia in den Bus, der sie zu ihrer Unterkunft bringen sollte.

Von außen sah die Pension Stilzbach aus, als würde sie schon seit längerer Zeit nicht mehr betrieben. An vielen Stellen blätterte der Putz ab, die verwitterten Klappläden sahen nicht aus, als könne man sie wirklich benutzen, ohne dass sie vollends auseinanderbrachen. Aber bei dieser Schmutzschicht, die auf den Fensterscheiben klebte, würde ohnehin niemand ins Zimmer sehen können.

Die zwei Rocksänger sahen sich an. Mia sprach aus, was beide dachten: „Hauptsache billig, oder? Ich hoffe mal, ich habe ein Bett für mich und muss es nicht mit Kakerlaken oder sonstigem Getier teilen." Sie verzog angewidert das Gesicht.

Auch Flo sah mehr als skeptisch aus, seine Magenschmerzen waren plötzlich wieder da. „Wenn's ganz schlimm kommt, legen wir zusammen und mieten uns irgendwo ein akzeptables Zweibettzimmer. Ich denke, wir sind erwachsen genug, dass das funktionieren würde. Was meinst du?"

Die Augen der jungen Frau funkelten. „Also, ich würde dich nicht gleich von der Bettkante schubsen, solange du deine Finger bei dir behältst. Aber sehen wir erstmal, wie's drinnen aussieht. Vielleicht geht es ja für die eine Woche."

Florian war etwas irritiert über die forsche Antwort. Diese Direktheit hätte er nicht erwartet von dem schüchternen Mädchen, das sie vorhin an der Bushaltestelle noch zu sein schien.

Die beiden schulterten ihr Gepäck und klingelten an der Tür. Mia wollte gerade ein zweites Mal auf den Klingelknopf drücken, als sie von drinnen schlurfende Schritte hörten. Dann wurde die Tür von einem Mann geöffnet. Das Erste, was Florian bei diesem Anblick in den Sinn kam: „ein Kobold?" Lediglich geschätzte einen Meter fünfzig groß, rotes, wirres Haar, deutlich abstehende Ohren und eine für das kleine Gesicht viel zu große, krumme Nase.

„Ja?", fragte das Männlein mit Fistelstimme.

„Wir sind Florian Müller und Mia ...", Flo verstummte, als ihm auffiel, dass er Mias Nachnamen nicht wusste.

„Eppdorf", ergänzte die Sängerin schmunzelnd. „Für uns wurden hier Zimmer reserviert."

Der Kobold nickte. „Nur herein in die gute Stube. Mein Name ist Stilzbach, Waldfried Stilzbach."

Herr Stilzbach drehte sich um, dann schlurfte er bis zur Treppe. „Eure Zimmer sind oben. Sind alle frei, sucht euch einfach jeder eines aus, oder eines zusammen. Wie ihr wollt. Hier links von mir ist ein Aufenthaltsraum mit Wasserkocher und Herd. Ein kleiner Kühlschrank ist auch da. Das könnt ihr alles benutzen, solange ihr hinterher wieder aufräumt und alles sauber macht. Putzzeug steht in der Kammer unter der Treppe. Handtücher und Bettzeug befinden sich im Schrank daneben. Bedient euch."

Er nickte nochmals kurz, dann ging er zu einer Tür mit der Aufschrift privat, womit er seine verdutzten Gäste alleine ließ.

„Sieht nicht aus, als müssten wir Bedenken haben, dass sich Waldi in unsere Angelegenheiten einmischt", merkte Mia sarkastisch an.

Flo grinste. „Komm, lass uns nach oben gehen. Mal sehen, ob wir zwei annehmbare Zimmer finden oder uns doch noch nach etwas anderem umsehen müssen."

Sie öffneten die Tür zur ersten Kammer. Raum wäre bei der geringen Größe zu viel gesagt. In dieser Kammer befanden sich ein schmales Bett, ein Stuhl und ein horizontal an der Wand befestigtes Holzbrett, das wohl als Tisch dienen sollte. Damit war in dem Zimmer kaum noch genügend Platz, um sich ungehindert darin bewegen zu können. Es war jedoch recht sauber. Die anderen Zimmer waren bis auf eines genauso klein wie das erste. In dem größeren Zimmer stand dafür ein Doppelbett, so dass dort die Bewegungsfreiheit genauso eingeschränkt war wie in den kleineren Kammern. Auf der anderen Seite des Flurs befand sich, dem größeren Zimmer gegenüber, das Badezimmer, bestehend aus einer Toilettenschüssel, einem Handwaschbecken und einer kleinen Duschwanne mit Boiler für Warmwasser. Weitere Waschgelegenheiten gab es nicht.

Da alle Räume deutlich sauberer waren, als bei dem Anblick von außen zu befürchtet war, entschieden sich Flo und Mia, erst einmal zu bleiben. Sie suchten sich zwei nebeneinanderliegende Kammern aus, danach besahen sie sich den Aufenthaltsraum im Erdgeschoss. Hier stand ein Tisch mit Eckbank sowie zwei Stühle. Gegenüber befand sich eine kleine Küchenzeile mit Spülbecken, einem Zweiplattenherd, einem Wasserkocher und dem versprochenen Kühlschrank. Im Küchenschrank befand sich sogar ein wenig sauberes Geschirr.

Da es mittlerweile schon fast an der Zeit war, sich auf den Weg zum Studio zu machen, aßen die beiden Sänger weitgehend schweigend noch schnell etwas von ihrem mitgebrachten Proviant.

Zu ihrem Erstaunen mussten sie feststellen, dass sie beide auf die gleiche Zeit einbestellt worden waren. Mia gab die im Schreiben genannte Adresse von Herrn Weiss in die Navigations-App ihres Smartphones ein, dann gingen beide gemeinsam los. Sollte die App recht behalten, würden sie etwa fünf Minuten vor dem Termin am Studio sein. Sie waren sich aber einig, dass es besser war, lieber etwas zu früh als zu spät dort anzukommen.

Kapitel 7

Kleinrumpelshausen war nicht sehr groß, so dass sie den Ort bereits zehn Minuten später durchquert hatten. Als sie vor einer imposanten, weiß getünchten Villa standen, sahen sie sich fragend an, dann verglichen sie nochmals die Hausnummer mit der Adresse im Schreiben.

„Also, ein Tonstudio habe ich mir anders vorgestellt", sprach Florian schließlich beider Gedanken aus. „Aber die Adresse stimmt wohl."

Mia nickte zustimmend. „Ich habe mal was gehört, dass Herr Weiss sein Studio in seinem Wohnhaus hat. Ich bin allerdings davon ausgegangen, dass er das nur für sich privat nutzt. Vielleicht will er uns heute auch nur beeindrucken. Im Schreiben stand doch was, dass er noch ein paar Sachen persönlich klären will, bevor wir anfangen, unsere Lieder einzusingen. Wäre sonst ja auch blöd, dass wir beide gleichzeitig eingeladen werden. Ich hoffe jedenfalls mal, dass er kein Duett aus meinem Song machen will."

Sie verdrehte die Augen, Flo begann zu lachen. „Ja, das hoffe ich auch. Mein Lied handelt von Liebeskummer, da wäre ein Duett äußerst ... seltsam."

Sie grinsten sich nochmals an, dann drückte Mia energisch auf den Klingelknopf. Oben am Eingangstor war eine Kamera angebracht, deren Kontrolllampe jetzt rot aufleuchtete.

„Ihr seid pünktlich, das gefällt mir", tönte einen Moment später die Stimme des Produzenten aus einem Lautsprecher. „Kommt rein."
Als ein Summer ertönte, drückte Flo das Eingangstor auf. Das nette Gespräch mit Mia hatte ihn bislang abgelenkt. Jetzt, als er auf die Villa zu schritt, überkam ihn wieder dieses ungute Gefühl, gepaart mit Nervosität und Magenschmerzen. Er hoffte, dass man ihm nicht anmerkte, dass sich seine Beine wieder wie Gummi anfühlten. Doch dass seine Hände zitterten, konnte er nicht verbergen. Als er sich nach seiner Begleiterin umsah, die direkt hinter ihm ging, bemerkte er, dass sie ebenfalls einen angespannten Gesichtsausdruck hatte, der vorher bei ihr noch nicht zu sehen war. Ganz so cool, wie sie auftrat, war sie dann wohl doch nicht.

Als die beiden nur noch wenige Schritte von der Haustür entfernt waren, öffnete sich diese. Herr Weiss stand mit einem breiten Grinsen im Türrahmen. „Schön, euch zu sehen. Kommt herein!"
Das Grinsen sollte wahrscheinlich Freundlichkeit ausdrücken, erinnerte Flo aber eher an einen Haifisch. Er versuchte, sein Unwohlsein zu unterdrücken, während er dem Produzenten die dargebotene Hand schüttelte, bevor er die Villa betrat. Mia tat es ihm gleich, stieß jedoch einen leisen Pfiff aus, als sie die Eingangshalle sah. Florian war das ganze etwas zu protzig, um es noch schön finden zu können. Statuen, die den Hausherrn als gottähnliche Wesen darstellten, standen Spalier, alle üppig mit Blattgold verziert.

Dazwischen befanden sich Vitrinen mit goldenen Schallplatten und Pokalen. Von der Decke hingen große, goldene Musiknoten und Notenschlüssel, an denen kleine LEDs befestigt waren. Alles blinkte und glitzerte wie in einem Kleinmädchenfilm. 'Fehlt nur noch ein rosa Einhorn', war einer der ersten Gedanken, die dem Sänger in den Sinn kamen.

Um sich weiter in diesem Raum umzusehen, blieb keine Gelegenheit, da sie vom Hausherrn gleich zum Wohnzimmer geführt wurden. Flo nahm jedenfalls an, dass es sich bei diesem Raum, der mit mehreren Sofas, Sesseln und niedrigen Tischen ausgestattet war, um das Wohnzimmer handelte, das alleine die Ausmaße seiner gesamten Wohnung hatte. Hier wartete bereits ein schlanker Mann mittleren Alters auf sie. Seine haselnussbraunen, kurzen Haaren waren an den Schläfen leicht angegraut.

„Darf ich vorstellen? Das ist Adrian Teufel, meine rechte Hand", stellte der Produzent den Mann mit einer ausholenden Geste in dessen Richtung vor.

Herr Teufel nickte den beiden Neuankömmlingen freundlich zu. Höflich erkundigte er sich, was er zu Trinken bringen dürfe. Während er an der Bar die gewünschten Getränke bereitete, bat Herr Weiss seine Gäste, sich zu setzen.

„Wenn dann jeder sein Glas hat, würde ich vorschlagen, wir stoßen erstmal auf gute Zusammenarbeit an", begann der Produzent. „Und damit das gleich geklärt ist: ich bin der Dietmar und das dort ist Adrian. Bei so einer Produktion muss man klar und deutlich miteinander reden können, da hält so ein umständliches Sie und Herr Sowieso bloß unnötig auf."

Er wartete, bis sowohl Adrian, als auch seine Gäste ihr Getränk in der Hand hielten, bevor er selbst zu seinem Glas Rotwein griff, das er mit den Worten erhob: „Auf eine gute, erfolgreiche Zusammenarbeit!"

Alle vier prosteten sich zu, nippten an ihren Getränken. Nach einer kurzen Pause ergriff Dietmar wieder das Wort.

„Wir fangen morgen Früh um neun Uhr mit den Aufnahmen an. Ihr kommt einfach beide her. Wenn dann einer von euch eine Pause braucht, kann gleich der andere weitersingen, so verlieren wir am wenigsten Zeit. Ich habe zwar die ganze Woche für die Aufnahmen eingeplant, es wäre aber gut, wenn wir früher fertig würden. Dann habt ihr bis zu den Presseterminen und der Tour frei."

Er genehmigte sich einen weiteren Schluck Wein, bevor er fortfuhr. „Kommen wir zum nächsten Punkt: eure Namen. Florian und Mia sind ja schön, aber Müller und Eppdorf geht gar nicht. Das eine ist zu gewöhnlich, das andere nicht klangvoll genug."

Dass seinen Gästen bei diesen Worten die Kinnladen nach unten fielen, beachtete er gar nicht, sondern dozierte unbeeindruckt weiter: „Deshalb wirst du, Florian, als Florian Martens auftreten. Der Name ist zwar auch nicht wirklich außergewöhnlich, aber eingängig. Du, Mia, bekommst den Künstlernamen Mia Harlow. Das klingt so schön international und lässt sich ganz gut vermarkten."

Mia war zwischenzeitlich vor Wut rot angelaufen. Jetzt konnte sie nicht mehr an sich halten: „Ich bin Mia Eppdorf", rief sie aufgebracht. „Ich werde ganz sicher nicht meinen Namen verleugnen! Meine Fans kennen mich unter meinem richtigen Namen. Denen müsste ich ja erst erklären, dass ich das bin. Und dann halten sie mich für bescheuert. Kommt also gar nicht in Frage! NEIN!"

Florian sah nachdenklich von Mia zu Dietmar. „Können Mia und ich kurz unter vier Augen reden?"

Der Produzent war noch sichtlich perplex über Mias Gefühlsausbruch, erholte sich jedoch schnell, woraufhin er seinen Gästen gestattete, sich in der Eingangshalle zu besprechen.

Mia lehnte sich mit vor der Brust verschränkten Armen an eine Wand und sah Florian abschätzig an. „Willst du dich bei dem Kerl einschleimen? Pech gehabt, ich werde meine Meinung nicht ändern!"

Flo lächelte schwach. Ihm lag schon auf der Zunge, zu sagen: du siehst süß aus, wenn du schmollst, besann sich dann aber eines Besseren. Zögerlich fing er an zu reden. „Jetzt mal langsam, hör mir erst mal zu. Ich weiß ja nicht, wie das bei dir gelaufen ist, aber bei mir war das so, dass ich mit meiner Band in einem Rockclub gespielt habe. Nach dem Konzert hat mich Dietmar an seinen Tisch gebeten, mir gesagt, dass ihm mein Song Life Goes On sehr gut gefällt und dass er mich gerne mit dem Lied unter Vertrag nehmen würde. Im Club war es schummrig und ich konnte den Vertrag nur sehr ungenau durchlesen. Die Bedenken, die ich gleich hatte, hat er gekonnt zerstreut. Dann hat er mir die Pistole auf die Brust gesetzt: entweder ich unterschreibe gleich oder die Gelegenheit kommt nie wieder. Es hat sich in diesem Moment alles so gut angehört, dass ich unterschrieben habe. Aber schon auf der Fahrt nach Hause kamen mir Zweifel, die am Folgetag noch viel größer wurden. So viel Geld, dass ich mir einen Vertragsbruch leisten könnte, habe ich nicht. Also heißt es für mich: Augen zu und durch."

Die Sängerin betrachtete ihn weiterhin skeptisch. „War bei mir ganz genauso. Aber alles muss ich mir ja auch nicht gefallen lassen. Du kannst ja gerne den Schwanz einziehen."

Sie wollte schon zurück ins Wohnzimmer gehen, doch Florian stellte sich ihr in den Weg. „Bitte warte noch kurz. Ich kann dich sehr gut verstehen. Mein erster Impuls war auch, dem Kerl an den Kopf zu werfen, dass Müller bisher gut genug für mich war und das auch weiterhin sein wird. Aber dann habe ich an das ungute Gefühl gedacht, das mich seit der Vertragsunterzeichnung begleitet. Und das bezieht sich nicht auf die zumindest grenzwertigen Bedingungen wie: keine Tantiemen für mein Lied, keine Aufnahme mit einem anderen Produzenten die nächsten zwei Jahre und darauf, dass ich fast wie ein Leibeigener zur Verfügung zu stehen habe, wenn er einen Studiotermin oder eine Tour plant. Das ist alles nicht gut, aber wirklich Bauchweh habe ich, wenn ich daran denke, dass Dietmar nun mal den Spitznamen Schnulzen-Didi hat. Und das aus gutem Grund. Ich weiß einfach nicht, ob er es schafft oder überhaupt vorhat, meinen Song so zu produzieren, dass es ein guter Rocksong bleibt, oder ob er ihn nicht völlig verhunzt."

Florian legte eine Pause ein. Mia sah ihn jetzt aufmerksam an. Das Verlangen, schnellstmöglichst ins Wohnzimmer zurückzukehren, war offensichtlich verflogen. Er holte Luft. Als er weitersprach, sah er seinem Gegenüber in die Augen. „Da drin ist mir plötzlich klar geworden, dass ich auf das Ergebnis der Aufnahmen vielleicht gar nicht stolz bin. Wahrscheinlich kann ich sogar froh sein, wenn da nicht auch noch mein richtiger Name draufsteht. Wenn's gut wird, kann man das schon lancieren, dass dieses Martens nur mein Künstlername ist. Wenn's scheiße wird, werde ich jeden Zusammenhang strikt von mir weisen."
Er lächelte Mia nochmals unsicher an. „Das wollte ich dir nur sagen. Du kannst natürlich machen, was du willst. Ich werde bestimmt keinen Bonus bekommen, wenn ich dich zu irgendwas überrede, und selbst wenn, würde ich den gar nicht wollen. Aber ich dachte, es könnte dir helfen, wenn du meine Überlegungen kennst."

Die junge Frau sah Florian eindringlich an, dann begann sie zu Lächeln. In ihren Augen lag wieder dieses Funkeln. Sie beugte sich vor, um Flo einen Kuss auf die Wange zu hauchen. „Du hast meine Gefühle sehr gut beschrieben. Danke, dass du mir das klar gemacht hast, bevor ich eine weitere Dummheit begehen konnte. Ich denke, ich werde den Künstlernamen auch akzeptieren. Wie war der noch gleich? Irgendwas mit Halle, oder so. Na, er wird es mir schon nochmals sagen."

Die beiden jungen Leute kehrten ins Wohnzimmer zurück. Zehn Minuten später wurden sie von einem zufrieden lächelnden Herrn Weiss bis zum nächsten Morgen verabschiedet.

Kapitel 8

Pünktlich um Neun klingelten die beiden Sänger am Tor der Villa. Sie wurden von Adrian Teufel um das Haus herum zu einem eingeschossigen, großen Anbau geführt.

Im Eingangsbereich befanden sich ein paar gemütliche Sitzgelegenheiten, ein Tisch, ein Kaffeeautomat sowie Kisten mit Wasserflaschen und anderen alkoholfreien Getränken. Die Wände waren mit Postern von Künstlern gepflastert, die alle von Herrn Weiss produziert wurden. Wie Florian mit einem schnellen Blick feststellte, ausschließlich Schlager- und Volksmusiksänger. Er erkannte zwar die wenigsten, aber die Kleidung dieser Personen sowie die rustikalen Bildhintergründe waren hier schon aufschlussreich genug.

Mia hatte diese Bilder ebenfalls betrachtet. Sie warf Florian einen vielsagenden Blick zu. Dabei bemerkte sie nur: „genau dein Reden".

Adrian, der in der Nähe geblieben war, hob hierauf irritiert eine Augenbraue, enthielt sich aber jeglichen Kommentars. Er bat die beiden Sänger lediglich, es sich im Eingangsbereich gemütlich zu machen, bis Dietmar komme. Dann verschwand er durch die Tür, die zu den eigentlichen Studioräumen führte, die er gleich wieder hinter sich schloss, wodurch vom Eingangsbereich aus nur ein kurzer Blick zu erhaschen war.

Kurze Zeit später erschien Dietmar gut gelaunt. „Guten Morgen, ihr beiden. Hoffe, ihr habt trotz der Aufregung gut geschlafen. Wie wäre es, wenn ich euch kurz das Studio zeige, bevor wir anfangen? Ihr braucht zwar nur die Gesangskabine, aber vielleicht findet ihr es ja einfach interessant, auch mal den Rest zu sehen?"

Seine Gäste stimmten begeistert zu. Schwungvoll öffnete er die Tür, dann präsentierte er mit stolzerfüllter Geste den ersten Raum: „Hier seht ihr das Herzstück des Studios: den Regieraum."

Als sie ihn betraten, waren die jungen Leute restlos fasziniert. Sie konnten sich gar nicht sattsehen. Von Bildern her war ihnen so etwas zwar bekannt, aber das war kein Vergleich zur Realität. Die vielen Gerätschaften, die hölzernen Wandvertäfelungen zusammen mit der Beleuchtung zauberten eine ganz spezielle Atmosphäre, die sich nicht in Worte fassen ließ. Der Raum war gut und gerne dreißig Quadratmeter groß. Am dominantesten war das riesige Mischpult, groß wie zwei Billardtische und bestimmt mindestens so schwer. Links und rechts neben dem Pult waren schrankgroße Lautsprecherboxen in die Wände integriert. Weitere Lautsprecherboxen in verschiedenen Größen verteilten sich auf der oberen Ablage des Pultes, an den Wänden entlang türmten sich zahlreiche Racks, voll mit allen möglichen technischen Geräten wie Equalizern, Kompressoren und Gitarrenverstärkern. Fenster in den Raumwänden ermöglichten den Blick in die angrenzenden Aufnahmeräume. Eines befand sich direkt vor dem Mischpult, ein weiteres seitlich davon.

„Ich will euch jetzt nicht mit Einzelheiten zum Equipment langweilen", sagte Dietmar, womit er die Zwei kurz aus ihrer Entzückung holte, „aber ihr könnt versichert sein, dass alle Technik auf dem neuesten Stand und sehr hochwertig ist. Jetzt kommt weiter. Zur Gesangskabine geht's durch den großen Aufnahmeraum." Dietmar öffnete die Tür, die sich neben dem seitlichen Fenster befand, während seine Gäste Mühe hatten, sich von dem begeisternden Anblick loszureißen. Sie durchquerten daraufhin einen weiteren Raum, der nochmals erheblich größer und auch deutlich höher war als der Regieraum. Florian schätzte ihn auf mindestens achtzig Quadratmeter, Deckenhöhe ungefähr fünf oder sechs Meter.

Da dieser Saal im Moment weitestgehend leer war, wirkten das Schlagzeug und der am entgegengesetzten Raumende stehende Flügel irgendwie verloren, schon fast wie vergessen.

Stolz erklärte Dietmar, dass hier eine komplette Band gleichzeitig aufgenommen werden konnte, wenn dies gewünscht war. Durch das große Raumvolumen ergebe sich dann auch ein besonders voluminöser Klang. Für Orchester und Chorpassagen war noch ein eigenes, spezielles Tonstudio vorhanden, das sich allerdings am anderen Ortsende von Kleinrumpelshausen befand.

Durch eine weitere Tür an der Seite des Aufnahmeraums gelangten sie in einen kleineren Raum, der sicherlich eine Größe von fast zehn Quadratmetern hatte. Im Verhältnis zum großen Aufnahmeraum wirkte er jedoch irgendwie winzig. Der

Raum war mit einer Couch, einem Gitarrenhocker und einem Mikrofon ausgestattet. Auch hier befand sich neben der Eingangstür ein Fenster, durch das man zum Regieraum hinüber sehen konnte.

„Das hier ist der Gesangsraum, den habt ihr während der Aufnahmen für euch alleine. Es gibt natürlich eine Gegensprechanlage zwischen Regieraum und hier, aber bitte beachtet auch meine Gesten. Dafür ist ja das Fenster da. Ich will die Aufnahme nicht durch mein Geplapper ruinieren."

„Du kannst deine Anweisungen ja auf den Kopfhörer legen, dann stören die nicht die Aufnahme", wagte Mia einzuwerfen.

Der Produzent nickte, schüttelte dann aber den Kopf. „Könnte ich, klar. Bis jetzt habe ich damit aber noch jeden so drausgebracht, dass die Aufnahme dann trotzdem ruiniert war. Glaub mir Schätzchen, ich habe da schon viel ausprobiert, schließlich habe ich jahrzehntelange Erfahrung."

„Ich bin nicht dein Schätzchen", kam es leicht verschnupft von der jungen Frau. „Mein Name ist Mia. Das ist sogar viel kürzer als Schätzchen."

Dietmar lachte amüsiert, ging aber nicht weiter auf diesen Rüffel ein. Dann wurde er wieder ernster. „So, genug geplänkelt, legen wir los. Wer fängt an?"

Die beiden Sänger sahen sich unschlüssig an und zuckten mit den Schultern. Schließlich antwortete Florian: „Ist eigentlich egal. Warmsingen müssen wir uns beide noch. Wir haben zwar auf dem Weg hierher ein paar Atemübungen gemacht, aber das wird nicht reichen, wenn das Ergebnis gut sein soll."

Mia nickte. An den Produzenten gewandt, fragte sie:. „Wie stellst du dir das vor mit dem Singen? Normalerweise wird der Gesang ja so ziemlich zum Schluss aufgenommen - also, so kenne ich die Reihenfolge. Klappt das, wenn wir zuerst einsingen und dann die Instrumente dazu kommen?"

Die Antwort war erneut ein amüsiertes Lachen. „Was glaubst du, was ich in der Zwischenzeit gemacht habe?", fragte Dietmar, nachdem er aufgehört hatte zu lachen. „Ich hatte eure Lieder in dem jeweiligen Club aufgenommen. Meine üblichen Studiomusiker haben in den letzten Tagen die Instrumente nach meinen Anweisungen eingespielt. Es fehlen nur noch die Gesangsaufnahmen und die Endabmischung."

Er machte eine Pause, bevor er in überheblichem Ton weitersprach. „Zudem haben die Musiker für jeden von euch noch zwei weitere meiner Kompositionen eingespielt, dazu ein Duett, das ich für euch geschrieben habe. Damit wären das für jeden von euch drei Sololieder plus ein Duett. Mit diesen insgesamt sieben Titeln ist die CD vollständig; eure Lieder werden die Singleauskopplungen."

Als er die verblüfften Gesichter der Sänger sah, lachte er erneut. „Hattet ihr geglaubt, ich würde eine ganze Woche für zwei Lieder ansetzen? Nee, das muss schon zügiger gehen. Deshalb singt sich jetzt schon mal einer von euch warm, während der andere die Texte für die weiteren Lieder lernt. Wir starten mit euren eigenen Songs, damit ihr leichter in die Studioarbeit reinkommt. Morgen kommt ihr gleich mit aufgewärmter Stimme her, damit wir sofort anfangen können."

Mia war derweil blass geworden: „Im Vertrag stand nichts davon, dass wir von dir komponierte Lieder singen sollen. Natürlich reicht ein Lied nicht für eine CD, aber wir haben beide noch weitere, eigene Lieder, die wir einspielen könnten."

Der Gesichtsausdruck des Produzenten glich jetzt mehr denn je einem Haifischgrinsen. „Da hat wohl jemand den Vertrag nicht richtig durchgelesen, was? Da steht drin, dass ihr zur Ergänzung der CDs meine Lieder singt." Er machte eine Kunstpause. Dann fuhr er schnippisch fort: „Du kannst natürlich auch die Vertragsstrafe von einhunderttausend Euro bezahlen, wenn du aus dem Vertrag aussteigen willst. Deine Entscheidung."

„Wo soll ich denn so viel Geld hernehmen?" Mia schwankte zwischen Wut und Frust. In ihren Augen sammelten sich Tränen des Zorns. „Scheiße", fügte sie dann noch leise hinzu, jedoch nicht leise genug, so dass Dietmars Grinsen noch selbstzufriedener wurde.

„Dann wäre es klüger, du beruhigst dich schnell wieder, um die Texte zu lernen. Florian, fang mit den Gesangsübungen an. In fünfzehn Minuten stehst du im Gesangsraum, dann beginnen die Aufnahmen."

Damit ließ er die beiden Sänger stehen und ging. Kurz, bevor er außer Sichtweite war, drehte er sich nochmals um. „Die Texte liegen auf dem Tisch im Aufenthaltsraum." Dann war er draußen.

„Das ist doch sicher alles andere, nur keine Rocksongs", flüsterte Mia entsetzt. „Was machen wir jetzt bloß?"

Florian spürte, wie sich sein Frühstück den Weg nach oben suchte. Mühsam schluckte er in der Hoffnung, dass Bauchweh und Übelkeit nachlassen würden, ohne dass er sich übergeben musste. „Ich schätze, wir können gerade nichts anderes tun, als die verlangten Lieder zu singen. Ich wünschte, mir würde eine sinnvolle Alternative einfallen. Aber im Moment kann ich nur daran denken, wie ich mein Essen bei mir behalte." Traurig lächelte er sie an. „Deshalb werde ich jetzt einfach versuchen, mich mit meinen Aufwärmübungen abzulenken."

Mia nickte müde, dann ging sie auf den jungen Mann zu, um ihn zu umarmen. „Das wird ja ständig schlimmer hier. Danke, dass du mir zu dem Pseudonym geraten hast. Die Peinlichkeit wäre ja unerträglich. Leider fällt mir auch nichts Brauchbares ein. Dann werden wir uns wohl erstmal fügen. Dafür machen wir in zwei Jahren eine riesige Willkommen-in-der-Freiheit-Party."

Behutsam erwiderte der Sänger die Umarmung. Dabei bemerkte er, wie wohltuend dies für ihn war.

Danach begab sich Mia in den Aufenthaltsraum, um auf dem Tisch nach den Texten zu sehen, während sich Florian warmsang. Zunächst hatte er vor, dies im Gesangsraum zu machen, begleitete dann aber Mia, um in ihrer Nähe zu sein.

Kurze Zeit später gab die Sängerin einen Laut von sich, als habe sie sich verletzt. Erschrocken hielt Florian in seinen Übungen inne. „Hast du dir wehgetan?", fragte er besorgt.

„Nein, nicht ich, sondern Dietmar. Ich habe die Texte gelesen. Die sind eine Verletzung des guten Geschmacks. Warum soll ich so etwas singen? Das kann doch nicht ernst gemeint sein! Wer will den so etwas hören? Den Kerl sollte ich wegen Körperverletzung verklagen! Am Besten auf einhunderttausend Euro, dann könnte er sich die Ablösesumme selbst bezahlen."

„Die Idee hört sich gut an, da werde ich mich anschließen", schmunzelte er. „Meine Texte werden bestimmt nicht besser sein. Glaubst du, das hätte Aussicht auf Erfolg?" Neugierig sah der junge Mann zu Mia hinüber.

Zu seinem Bedauern schüttelte sie traurig den Kopf. „Schätze nein."

Sie seufzte tief, dann wandte sie sich wieder den Texten zu, während Florian seine Übungen fortsetzte.

Einige Minuten später war es soweit. Florian stand aufnahmebereit im Gesangsraum vor dem Mikrofon. Dass er zuerst sein eigenes Lied einsingen sollte, nahm etwas von seiner Nervosität. Es machte ihm den Anfang leichter. So wusste er wenigstens, was auf ihn zukam. Dachte er.

Er setzte den Kopfhörer auf, über den er die bereits eingespielten Instrumente hörte. Nach den ersten Takten nahm er ihn wieder ab.

„Ähm, Dietmar, du hast da offensichtlich etwas verwechselt. Das ist nicht mein Song." Erwartungsvoll sah er den Produzenten durch das Fenster hindurch an. „Doch, ist er. Ich habe doch gesagt, dass ich ihn schon aufbereitet habe. Du kannst ihn ja einmal komplett anhören, bevor du mit dem Singen anfängst", erklang Dietmars Stimme durch die Gegensprechanlage. „Setz den Kopfhörer wieder auf, ich lasse es nochmals von vorne laufen."

Florian tat, wie ihm geheißen. Sekunden später setzte die eben gehörte Tonfolge wieder ein. Flo versuchte, so ruhig wie möglich das ganze Lied anzuhören. DAS sollte sein Life Goes On sein? Ihm standen am ganzen Körper die Haare ab. Eine gewisse Ähnlichkeit ließ sich zwar hineininterpretieren, aber das, was er hier hörte, war eine klassische Schlagerschnulze, das hatte mit einer Rockballade nichts mehr zu tun. Innerlich kochte er vor Wut. Was hatte dieser Unhold seinem Songbaby nur angetan? Misshandelt hatte er es! Flo konnte nicht verhindern, dass sich seine Hände zu Fäusten ballten. Bewusst atmete er langsam ein und aus in der Hoffnung, sich dadurch etwas zu beruhigen. Was konnte er nur tun? Weigerte er sich, zu singen, würde ihn Schnulzen-Didi auf die Konventionalstrafe von einhunderttausend Euro verklagen, die er nicht hatte.

Kaum waren die Instrumente verklungen, hörte er die Stimme des Produzenten im Kopfhörer. „So, jetzt beginnt die Aufnahme. Den Text kennst du ja. Also streng dich an, Mia soll heute auch noch ihre Komposition einsingen."

Florian konnte es sich gerade noch verkneifen, Dietmar entgegenzuhalten, dass aus Mias Lied jetzt wahrscheinlich eine genauso entgleiste Version geworden war wie aus seinem Life Goes On. Er schluckte jedoch die Worte hinunter und beschloss, sich vorerst in sein Schicksal zu fügen - sein selbstverschuldetes Schicksal, wie er sich eingestand. Obwohl das Lied so schrecklich verhunzt worden war, konnte er seine Einsätze erkennen. Doch das Arrangement, das er hörte, war nicht mehr sein Song. Damit war auch die ganze Leidenschaft für den Text weg. Er merkte selbst, dass seine Stimme dünn und kraftlos klang, fast schon fremd. Wie gerne hatte er diese Zeilen immer gesungen. Mit Inbrunst und Ausdruck, voller Gefühl für das Lied und die Situation, in der er es geschrieben hatte. Er hatte keine Ahnung, wie er dies wiedererlangen sollte.

„Die Einsätze haben schon mal gestimmt, der Text war auch in Ordnung", hörte er einmal mehr Dietmars Stimme. „Wenn du jetzt noch deine Nervosität ablegst und das etwas kraftvoller singst, passt das. Versuch's nochmal. Wenn's nicht klappt, muss ich halt ein bisschen tiefer in die Trickkiste greifen, um da mehr Volumen draufzuzaubern."
Sollte das jetzt eine Aufmunterung sein, oder eine Drohung, dass er das Lied noch weiter verstümmeln würde? Flo schloss die Augen. Er wollte auf keinen Fall, dass Dietmar auch noch an seiner Gesangsspur herummanipulierte. Das Lied war ja so schon kaum noch wiederzuerkennen. Daher beschloss er, seine

ganze Wut über die Verunglimpfung seines Songs in seinen Gesang zu legen. Das würde dann nicht wirklich schön werden, aber zumindest kraftvoll. Eher zu kraftvoll für diese Ballade, aber das spielte jetzt auch keine Rolle mehr.

Beim nächsten Durchlauf klang seine Stimme dann tatsächlich sehr kraftvoll. Nicht gefühlvoll, aber kräftig. Noch etwas mehr, dann wäre es eingebrüllt statt eingesungen gewesen.

Dietmar zeigte sich jedoch sehr zufrieden. „Sehr schön, so lassen wir es vorerst. Ging ja viel schneller und besser als geplant. Okay, das reicht für heute. Sag Mia Bescheid, dass sie sich warmsingen soll. Ich erwarte sie hier in einer Viertelstunde. Und du lernst bis morgen deine anderen Texte."

Wie vom Donner gerührt stand Florian noch einige Sekunden stocksteif da. Das sollte gut gewesen sein? Außer Wut war keinerlei Gefühl in seiner Stimme gewesen. Der Produzent hatte doch beim Konzert gehört, wie das Lied richtig klingen musste! Innerlich schüttelte er den Kopf, dann machte sich auf den Weg zum Aufenthaltsraum.

Mia sah ihn alarmiert an, als sie seinen Gesichtsausdruck sah. „So schlimm?"

„Schlimmer!" Der Sänger schüttelte wieder den Kopf, während er sich neben sie setzte. „Das war ein einziger....ach, komm...", winkte er mit beiden Händen ab. „Ich mag gar nicht darüber reden. Ach ja, du sollst dich warmsingen und in fünfzehn Minuten im Gesangsraum sein." Mit tonloser Stimme fügte er leise hinzu: „Ich hoffe, er hat dein Lied nicht auch so versaut wie meins."

Genauso leise kam die Antwort: „Da habe ich leider wenig Hoffnung". Die junge Frau schmiegte sich kurz an ihren Leidensgefährten, bevor sie aufstand. „Dann werde ich mich mal warmsingen. Muss mir ja nicht auch noch die Stimme ruinieren, wenn ich schon etwas singen muss, das ich eigentlich gar nicht will, also nicht in der Form, die mir wahrscheinlich präsentiert wird."

Kapitel 9

Bereits am frühen Nachmittag machten sich die beiden Sänger wieder auf den Weg zurück in die Pension. Mia war es ähnlich ergangen wie Florian. Der Produzent war mit einer Leistung zufrieden, die ihrer eigenen Meinung nach weit hinter ihrem sängerischen Potenzial zurückblieb.

Das Einsingen der von Dietmar komponierten Lieder sollte erst am nächsten Tag stattfinden, weshalb die Aufnahmen für heute bereits beendet waren. Allerdings nicht, ohne Hausaufgaben mit auf den Weg bekommen zu haben. Er hatte beiden Sängern die Instrumentalversionen der noch einzusingenden Lieder auf deren Smartphones übertragen und ihnen eingeschärft, sich diese genau anzuhören und die Texte zu lernen, so dass auch die nächste Aufnahmesession so schnell und problemlos funktionieren würde.

Plötzlich blieb Mia stehen. „Ich kann mich einfach nicht entscheiden. Was meinst du?" Sie sah ihr Gegenüber schelmisch an, der jedoch nur mit den Schultern zuckte, weil er überhaupt nicht wusste, auf was die Sängerin hinaus wollte.
Schließlich grinste er zurück: „Also, falls du Entscheidungsschwierigkeiten hast, weil du nicht

weißt, ob du mich nur umarmen oder auch küssen sollst, kann ich dir nur empfehlen, es einfach auszuprobieren."

Die junge Frau verdrehte die Augen: „Männer! Kannst du denn an nichts anderes denken?"

„Mit dir so direkt an meiner Seite?" Florian grinste noch breiter, wurde dann aber ernst. „Tatsächlich muss ich ständig an diesen dämlichen Vertrag denken, und wie ich - wie wir, da wieder rauskommen, ohne dabei völlig zu verarmen. Das einzige Positive an der Geschichte ist, dass ich dich kennengelernt habe."

Mia konnte nicht verhindern, dass ihre Wangen einen rosafarbenen Schimmer bekamen. „Ich bin auch froh, dich kennengelernt zu haben. Alleine würde ich das nicht durchstehen."

Flo sah sie fragend an. „Wieso alleine? Klar, in so einer Situation ist es natürlich besser, wenn jemand bei einem ist, der einen tröstend in den Arm nehmen kann. Aber selbst wenn ich nicht da wäre, könntest du ja immer noch mit deinen Freunden von der Band telefonieren. Die würden dir sicher auch durchhelfen. Ganz alleine wärst du ja trotzdem nicht."

Als Antwort bekam er einen abgrundtiefen Seufzer zu hören. „Nee, Band ist leider nicht", fing die Sängerin leise an zu erzählen. „Nicht mehr. Nachdem ich den Vertrag unterschrieben hatte, zeigte ich ihn freudestrahlend den anderen. Ich dachte wirklich, wir könnten als Band damit groß rauskommen. Die haben aber alle total angepisst reagiert, mir Egoismus und was weiß ich was noch alles vorgeworfen. Bei der Probe zwei Tage später haben sie mich dann aus der Band geworfen. Unser Leadgitarrist meinte zum Abschied noch, dass ich mich ja nicht getrauen solle, heulend wieder angekrochen zu kommen, wenn mein großer Traum nicht so in Erfüllung gehe, wie ich mir das vorstellen würde."

Sie machte eine kurze Pause, um sich wieder zu sammeln. „Seither habe ich nichts mehr von den Jungs gehört, und das, nachdem wir fünf Jahre zusammen gespielt und getourt haben."

Als sie sich Flo zuwandte, schimmerten ihre Augen feucht. „Du siehst, ohne dich wäre ich wirklich alleine. Familie kann ich nämlich auch knicken. Mein Vater ist vor einigen Jahren gestorben und meine Mutter hat keinerlei Verständnis für mein Hobby."

Spontan nahm der Sänger seine Kollegin in den Arm. „Was die Eltern angeht, da haben wir was gemeinsam. Wenigstens kann ich mich auf meine Band verlassen. Naja, auf fast alle. Steffen, unser Schlagzeuger, hat erstmal ähnlich reagiert wie deine Bandkollegen.

Aber als Jo und Ricky mit ihm geredet hatten, ist er zumindest mal in der Band geblieben.

Unser Verhältnis war früher besser, aber ich hoffe, das renkt sich wieder ein."

Die zwei blieben noch eine ganze Weile eng umschlungen stehen, um sich gegenseitig Halt und Trost zu spenden.

Dann löste sich die Sängerin aus Flos Armen und gab ihm einen Schmatz auf die Wange. „Danke! Lass uns weitergehen. Ich brauche jetzt einen Kaffee."

Ungern löste der junge Mann die Umarmung. „Kaffee klingt gut. Hast du eigentlich deine Entscheidung getroffen?"

Irritiert sah Mia Florian an. Dann huschte ein Lächeln über ihr Gesicht. „Achso, nö, noch nicht. Darüber denke ich nochmal auf dem Rückweg nach, ich sag es dir dann beim Kaffee."

Eine Viertelstunde später hatten sie es sich auf der Eckbank in der Pension gemütlich gemacht. Sie genossen ihren Nachmittagskaffee, der ihnen noch nie so wohltuend erschien wie an diesem Tag. Nachdem jeder seine Tasse ausgetrunken hatte, besserte sich ihre Stimmung merklich.

„Darf ich jetzt erfahren, was du ausgebrütet hast?", erkundigte sich Flo schließlich.

„Naja, nö. Ich meine, darfst du natürlich, ich bin allerdings noch zu keiner Entscheidung gekommen. Vielleicht kannst du mir ja dabei helfen."

Einmal mehr trat dieser schelmische Ausdruck in Mias braune Augen.

„Es geht um die Aufnahmen morgen. Ich bin schon die ganze Zeit am Überlegen, ob ich mich anstrengen soll, damit dieser Albtraum schnell zu Ende geht oder ob ich mich total dämlich anstellen soll, damit er mich doch noch rausschmeißt."

Florian musste herzhaft lachen. „Du hast vielleicht Ideen. Daran hatte ich noch gar nicht gedacht."

Dann wurde er wieder ernster, wog in Gedanken die Möglichkeiten ab. „Dämlich anstellen hört sich verführerisch an. Allerdings schätze ich Dietmar zwischenzeitlich so ein, dass er sich entweder mit einer schlechten Aufnahme zufrieden gibt, die er bis zur Unkenntlichkeit bearbeitet, oder er verlängert unseren Studioaufenthalt, was er sich von uns bezahlen lassen wird." Flo schüttelte den Kopf. „Schätze, anstrengen, damit der ganze Mist so schnell wie möglich hinter uns liegt, wird uns im Moment mehr Vorteile bringen. Eigentlich schade. Ich hätte gerne gesehen, wie der Kerl vor Wut durch die Decke geht. Aber ich würde sagen, dass ich mein derzeitiges Leben durch die Unterschrift auf dem Vertrag schon genug verbastelt habe. Da muss ich nicht noch eine Schippe drauflegen."
Mia lachte. „Danke, dass du mich erneut vor einer Dummheit bewahrt hast und mich immer wieder zum Lachen bringst. Das habe ich gerade echt nötig."

Nach einer kurzen Pause fuhr sie fort: „Sollen wir uns dann mal anhören, was unser Produzent für uns vorbereitet hat? Grauenvoller als die Texte kann es ja kaum werden."

Doch sie musste erkennen, dass sie sich getäuscht hatte. Nach dem Anhören der beiden Lieder war die junge Frau so entsetzt, dass ihr vor Wut und

Enttäuschung Tränen über die Wangen liefen. Beim Duett schaltete sie nach wenigen Sekunden aus. Es war unerträglich.

„Das würde ich ja schon grässlich finden, wenn es im Radio läuft. Da könnte ich wenigstens ausschalten oder einen anderen Sender suchen. Aber diesen Schrott auch noch singen? Das ist doch Selbstverstümmelung! Ich weiß nicht, ob ich das schaffe oder mich dabei übergeben werde."

„Oh, sprich nicht davon. Ich muss mich jetzt schon zusammennehmen, dass der Kaffee nicht wieder den Rückwärtsgang einlegt", erwiderte Florian mit leidendem Gesicht. Bei ihm hatte sich während des Anhörens der Musikvorgaben wieder das Bauchweh eingestellt, das ihn bereits auf der Fahrt nach Kleinrumpelshausen begleitet hatte.

Nach kurzem Zögern hörte er sich die für ihn vorgesehenen Lieder an, die sich in seinen Ohren kaum anders anhörten als die von Mia. „Grauenhaft! Einfach grauenhaft! Das ist genau dieser seichte Mist, den ich immer gezwungen war, anzuhören, wenn mich meine Eltern auf ihre ach-so-geliebten Familienausflüge mitgezerrt haben. Da plärrten ständig Heimatmelodien aus dem Autoradio, zu denen sie auch noch voller Begeisterung mitsangen. Für mich fühlte sich das jedesmal wie Entführung mit Folter an. Dieses hirnlose Geseiere macht mich aggressiv. Und jetzt soll ich genau diesen Dreck fabrizieren? Ich glaube, ich muss mir die Zunge abbeißen!" Er hielt kurz inne, dann sah er mit leichtem Kopfschütteln seine Leidenskollegin an: „Sag mal, passiert das hier denn gerade wirklich?" Ohne tatsächlich eine Antwort zu erwarten, fuhr er fort: „Bereits nach dem Lesen der Texte hatte ich schon so eine Befürchtung. Aber jetzt die Bestätigung dafür erhalten zu haben, ist trotzdem ... ich weiß nicht, mir fehlen irgendwie die Worte." Florian verstummte. Es war auch nicht nötig, weiterzusprechen, wie er am Blick der Sängerin erkannte. Sie wusste auch so, was er sagen wollte, einfach deshalb, weil sie dasselbe fühlte. Trostsuchend schmiegte sie sich an ihn.

„Ich weiß gerade echt nicht, ob ich es überlebe werde, diesen Schrott einzusingen." Etwas leiser fügte sie hinzu: „Oder ob ich es überhaupt überleben will. Ich habe ja schon den einen oder anderen Mist gebaut, doch ich habe immer zu meinen Fehlern gestanden. Aber diesmal? So krass hat echt Premiere. Wenn mein richtiger Name herauskommt, versinke ich vor Scham in einem Erdloch, aus dem ich nie wieder hervorkriechen werde."

Plötzlich drückte sie ihr Gesicht fester an Florians Schulter, leise Schluchzer waren zu hören. Tapfer versuchte dieser daraufhin, seine eigenen Tränen zurückzuhalten – doch vergeblich. Während er so den dunklen Haarschopf an seiner Seite befeuchtete, wunderte er sich über sich selbst. In seinem jungen Leben hatte er ebenfalls schon so viel einstecken müssen, doch nie hatte er deswegen geheult. War er jetzt zum Weichei mutiert, oder hatte ihn die ganze Angelegenheit doch mehr aus der Bahn geworfen, als ihm bisher klar war? Waren das jetzt Tränen der Wut oder der Trauer? Wohl beides, doch der Grund dafür war derselbe:

Durch den Vertrag hatte er gehofft, seinen großen Traum von einem Leben als Musiker eingeleitet zu haben. Jetzt musste er erkennen, dass dieses Ziel dadurch in unerreichbare Ferne gerückt war. Nachdenklich schüttelte er über sich selbst den Kopf: Da hatte er eine kaufmännische Ausbildung, durch die er wusste, dass man besonders das Kleingedruckte aufmerksam lesen musste, bevor man etwas unterschrieb. Doch kaum wedelte ein bekannter Produzent mit einem Vertrag, während er ihm das Blaue vom Himmel herunter versprach, schon vergaß er alle Vorsicht und ließ sich übervorteilen. Jetzt konnte er seinen Traum für die nächsten zwei Jahre begraben. Vielleicht sogar für immer, wenn sein Ruf durch diese schlecht geschriebenen Schmalzlieder dahin war.

Im Nachhinein war er froh, dass er den Namen Flo Circus und die anderen Bandmitglieder aus dem Vertrag herausgehalten hatte. Hätte er diese Namensrechte auch noch verschenkt, hätte ihn Steffen mindestens einen Kopf kürzer gemacht, und das zu Recht. Andererseits – hätte er die anderen Bandmitglieder dazugeholt, wäre es mit ziemlicher Sicherheit gar nicht erst zu einem Vertragsabschluss gekommen. FUCK!

Die Band! Damit riss sich Florian selbst aus seinen trüben Gedanken. Heute war Montag, da würden sie sicher wieder proben, nur eben ohne ihn. Sollte er sie anrufen? Aber was sollte er schon sagen? Dass alles mindestens so schlimm war wie befürchtet, wenn nicht sogar schlimmer? Jo würde ihm wahrscheinlich gut zureden, dass er das schon irgendwie überstehen würde. Von Steffen würde vermutlich etwas in der Art kommen, dass er ihn ja vorher hätte fragen können, dann wäre das alles nicht passiert. Florian seufzte. Es war wahrscheinlich besser, die anderen in Ruhe proben zu lassen. Lieber am nächsten Tag mit Jo telefonieren. Oder auch nicht. Wenn er sich beim Singen anstrengen würde, konnte er vielleicht schon am Mittwoch oder Donnerstag nach Hause fahren. Dann konnte er Jo immer noch damit nerven, wie schrecklich doch alles gewesen war.

Nachdenklich betrachtete er Mias Haarschopf. Sie hatte aufgehört zu weinen, lehnte aber immer noch an seiner Brust. Würde auch sie versuchen, sich anzustrengen, um so schnell wie möglich aus Kleinrumpelshausen verschwinden zu können, oder würde sie es wirklich darauf anlegen, den Produzenten zur Weißglut zu treiben, in der Hoffnung, aus dem Vertrag geworfen zu werden, wenn sie sich nur dämlich genug anstellte. Zur „Weiss"-Glut treiben ... Er musste schmunzeln. In einer angenehmeren Situation hätte er über dieses Wortspiel bestimmt mehr lachen können. Doch die Realität holte ihn sofort wieder ein. Er bezweifelte, dass Schnulzen-Didi das mit sich machen lassen würde. Wahrscheinlicher war, dass der irgendein Druckmittel auspacken würde, um zu bekommen, was er will. Selbst wenn Mia vor lauter Verzweiflung von Weinkrämpfen geschüttelt auf dem Boden liegen würde, wäre Dietmar das bestimmt sch...nurzegal. Würde Flo also sofort nach Abschluss der Aufnahmen nach Hause reisen, wäre die junge Frau diesem Despoten völlig alleine ausgeliefert. Das konnte er ihr wirklich nicht antun.

„Du, Mia", begann er vorsichtig. „Ich habe über das Einsingen der Lieder nachgedacht."

Die junge Frau gab ein leises Brummeln von sich, machte aber keine Anstalten, sich irgendwie rühren zu wollen. Florian lächelte in sich hinein. Es war nicht alles schlecht in Kleinrumpelshausen. Behutsam legte er ein klein wenig mehr Druck in seine Arme, die die schlanke Gestalt umfasst hielten.

„Ich glaube nicht, dass Dietmar mit sich spaßen lässt. Sollten wir uns dämlich anstellen, wird er sicher vollends ungenießbar werden. Dass wir diesem Druck gewachsen sein werden, kann ich mir nicht vorstellen. Deshalb schlage ich vor, wir bemühen uns so einigermaßen, dass er zufrieden ist, damit wir so schnell wie möglich wieder von hier verschwinden können. Was meinst du?"

Zuerst kam keine Reaktion und Flo dachte schon, dass Mia in seinen Armen eingeschlafen sei. Tatsächlich hörte sich ihre Stimme auch etwas schläfrig an, als sie antwortete: „OK, wir strengen uns an. Aber können wir dann noch etwas hierbleiben? Quasi Urlaub machen?"

Sie stockte. „Ich habe meine Band verloren und mit Mum kann ich nicht über Musik reden. Mit dir geht das. Deshalb würde ich gerne noch etwas Zeit mit dir verbringen."

Jetzt setzte sie sich auf, sah ihm direkt in die Augen. „Oder bin ich mal wieder zu forsch?"

Florian wusste für einen Moment nicht, was er sagen sollte. Dann entschloss er sich kurzerhand, gar nichts zu sagen, sondern Mia einfach zu küssen.

Als sie endlich wieder voneinander ablassen konnten, klopften die Herzen der Beiden wie schon lange nicht mehr. Nein, in Kleinrumpelshausen war tatsächlich nicht alles schlecht.

Kapitel 10

Der nächste Morgen begann regnerisch trüb. Dennoch machten sich die zwei Sänger beschwingt und mit den besten Vorsätzen auf den Weg zum Studio.

Wie schon am Tag zuvor, öffnete ihnen Adrian Teufel die Tür. Er bat sie in den Aufenthaltsraum, wo er sie darüber informierte, dass der Boss, wie er Herrn Weiss zu nennen pflegte, am gestrigen Abend noch bei einem Casting gewesen sei, weswegen er heute später eintreffen werde.

„Hätte uns das nicht jemand ausrichten können?", ereiferte sich Mia. Auch Flo fühlte sich geringgeschätzt. Zudem hatte er wirklich damit gerechnet, dass die Aufnahmen an diesem, spätestens jedoch am nächsten Tag abgeschlossen sein würden. Doch wenn sie jetzt gezwungen waren, nutzlos herumsitzen, bis der Herr Produzent sich bequemte, endlich mit den Aufnahmen zu beginnen, würde der Plan sicher nicht aufgehen. Für einen Moment überlegte er ernsthaft, mit Mia zur Pension zurückzukehren oder wenigstens einen langen Spaziergang mit ihr zu machen.

Doch die Vernunft überwog. Würden sie jetzt wieder gehen, würde sich alles nur noch weiter hinziehen.

Adrians Miene blieb undurchdringlich. „Daran gewöhnt ihr euch besser gleich. Dietmar ist der Boss, deswegen haben sich alle nach ihm zu richten und nach seinen Regeln zu spielen. Er ist erst zufrieden, wenn sich das Gold eurer Kehlen in eine goldene Schallplatte mit dem dazugehörigen Gewinn verwandelt hat. Bis dahin solltet ihr besser versuchen, es ihm recht zu machen. Weigert ihr euch oder werdet ihr aufmüpfig, wird er euch das Leben zur Hölle machen."

Nach einer leichten Verbeugung entfernte er sich. Bevor er den Raum verließ, drehte er sich nochmals um: „War nur ein gut gemeinter Rat. Ihr könnt von mir aus machen, was ihr wollt. Ich kenne ihn allerdings schon ein paar Jahre länger als ihr, und glaubt mir: ich weiß, wovon ich rede."

Verblüfft starrten die beiden weiterhin in Richtung der Tür, durch die der Mann bereits seit einigen Sekunden verschwunden war.

Den Blick noch immer auf die Tür gerichtet, erkannte Florian wie in Trance: „Das war mal eine deutliche Ansage." An Mia gewandt fuhr er fort: „Leider habe ich das ungute Gefühl, dass der Typ die Wahrheit sagt. Dann heißt es wohl, gute Miene zum bösen Spiel zu machen, oder so ähnlich."
Mia warf sich ärgerlich auf das Sofa. „Ich hasse es, hier zu sein!"
Flo relativierte: „Eigentlich sind die Räumlichkeiten – abgesehen von dem protzigen Kitsch – schon ziemlich eindrucksvoll. Was ich jedoch daran hasse, sind die Umstände, weswegen wir hier sind."

Dann kehrte Stille ein, die hin und wieder von dem leisen Brummen des Kühlaggregats begleitet wurde.

Nach einer halben Stunde wurde Mia unruhig. Sie begann, im Aufenthaltsraum auf und ab zu tigern. Florian stand ebenfalls auf, setzte sich aber gleich darauf wieder hin. Am liebsten wäre er für eine Stunde joggen gegangen, aber mit Sicherheit würde Dietmar genau dann auftauchen, wenn er weg war.

Schließlich zückte er sein Smartphone. Gelangweilt scrollte er durch seine Kontaktliste, ohne die wirkliche Absicht, jemanden anrufen zu wollen. Schließlich blieb sein Blick an der Telefonnummer von Ioannis hängen. Er war drauf und dran, die Nummer zu wählen, als er sich fragte, was er ihm eigentlich sagen wollte. Dass hier alles furchtbar war - das konnte sich Jo auch so denken. Dass ihn Dietmar warten ließ, einfach weil er es konnte? Schön, oder auch nicht, aber was könnte Jo daran ändern? Nichts.
Resigniert klappte er die Schutzhülle wieder zu, um das Gerät in seine Jackentasche gleiten zu lassen.

Mutlos saß er in Gedanken versunken da. Dass Mia ihre Wanderung durch den Raum aufgegeben hatte, bemerkte er erst, als sie sich neben ihn setzte, um ihn zu umarmen. „Munter mich mal ein bisschen auf", forderte sie ihn auf, während ihre Hände plötzlich unter sein T-Shirt glitten.
Damit hatte Florian nicht gerechnet. Seine Sinne waren für einen Moment von Wohlgefühl überflutet. Als er

wieder etwas koordinierter war, ließ er sich ganz darauf ein. Diese Frau wusste wirklich, was sie wollte.

Kurze Zeit später saßen die beiden eng umschlungen auf dem Sofa. Flo hätte der jungen Frau am liebsten die störenden Klamotten vom Leib gerissen, erinnerte sich aber daran, dass Dietmar jeden Moment hereinplatzen konnte. Mia seufzte wohlig in seinen Armen. „Vielleicht sollten wir doch wieder zur Pension zurück, um die Zeit besser zu nutzen." Der junge Mann verschluckte sich fast an ihren Worten. Eine Frau, die so unverblümt sagte, was sie wollte, war ihm bislang nicht untergekommen. Was er allerdings ziemlich attraktiv fand, wie er feststellte.

Doch die Haustür wurde aufgerissen, bevor er etwas darauf erwidern konnte. Am Gesicht des Produzenten war deutlich abzulesen, dass ihm nicht wirklich gefiel, was er da sah. Florian beschlich der Verdacht, dass Dietmar Mia wohl selbst gerne verführt hätte. Bei diesem Gedanken fing er trotz der angespannten Situation an, zu grinsen. Wenn Didi bei Mia hätte landen wollen, hätte er ihr Lied nicht so verkorksen dürfen, sondern ein paar gute Rocksongs für sie schreiben müssen.

Offenbar schien Herr Weiss Florians Grinsen falsch zu interpretieren, denn sein Gesicht bekam eine kräftige Rotfärbung, bevor er losschrie: „Da lässt man euch undankbares Gesocks nur ein paar Minuten alleine und was macht ihr? Vergnügt euch miteinander, statt die

Lieder einzustudieren und euch warmzusingen! Was glaubt ihr eigentlich, was so ein Studiotag kostet?" Er schnappte nach Luft. „In zehn Minuten ist einer von euch im Gesangsraum. Dort liefert ihr eine gute Performance ab oder ich stelle euch diesen vertanen Tag in Rechnung!"
Als er mit hochrotem Kopf an den Sängern vorbeigerauscht war, knallte er die Tür zum Regieraum hinter sich zu.

Zehn Minuten später stand Flo so missmutig wie niedergeschlagen vor dem Mikrofon.
Seine Gedanken schweiften ab in eine Zeit, in der dieser unselige Vertragsabschluss noch lange nicht existierte.
Er hatte sich alles so schön ausgemalt: nachdem die Aufnahmen der Instrumente abgeschlossen waren, befand er sich im Aufnahmeraum. Blickkontakt zum Tontechniker im Regieraum, wo sich auch die Jungs seiner Band aufhielten. Der Mann am Mischpult gab ihm per Handzeichen zu verstehen, das die Aufnahme gleich beginnen würde. Die ersten Töne erklangen im Kopfhörer. Dabei stellte er sich vor, er würde auf der Bühne vor hunderten – ach was – vor tausenden von Fans stehen. Voller Begeisterung und Leidenschaft sang er die Texte, alle Menschen sangen mit; sämtliche Lieder von Anfang bis Ende. Flo bekam eine Gänsehaut.
Nach den Aufnahmen würde die Band zusammen mit dem Tontechniker und dem Produzenten im Regieraum sitzen, sich alles nochmals eingehend anhören. Gemeinsam würden sie dann die besten Passagen heraussuchen, eventuell nochmals etwas neu

eingespielt oder eingesungen werden. Dabei sah er sich mit dem Tontechniker und insbesondere dem Produzenten stets auf Augenhöhe, welcher nach Florians Verständnis vor allem eine beratende Funktion hatte, um der jungen, aufstrebenden Band zum bestmöglichen Ergebnis zu verhelfen, wovon schließlich alle Beteiligten profitieren würden. Dieser Gedanke zauberte dem jungen Sänger ein zufriedenes Lächeln aufs Gesicht.

Ein stechender Schmerz in den Ohren veranlasste Florian instinktiv, sich den Kopfhörer herunterzureißen. „HEY!", hörte er noch übermäßig laut, bevor das Teil auf dem Boden lag. Derart krass aus seinem so lebendig wirkenden Traum gerissen, musste er sich kurz orientieren, um zu begreifen, wo er sich gerade wirklich befand. Dann fiel sein Blick auf den wild gestikulierenden Dietmar im Regieraum, der ihm zu verstehen gab, dass er sich gefälligst den Kopfhörer wieder aufsetzen solle. Getan, wie geheißen.

„Sag mal, bist du bekifft, oder was ist los? Was soll das dümmliche Grinsen? Wo bist du überhaupt mit deinen Gedanken? Mach dir endlich mal klar, dass du einen Vertrag zu erfüllen hast! Du brauchst gar nicht zu glauben, dass du mich sabotieren könntest. Aber gut, wenn du es darauf anlegst, dann mach nur weiter so. Ich kann dir versichern, dass du fortan keinen glücklichen Moment mehr erleben wirst. HAST DU DAS JETZT ENDLICH KAPIERT?", brüllte Dietmar in das Mikrofon der Gegensprechanlage. Florian musste bei dieser Lautstärke die Augen zukneifen. Auch wenn ihm dabei die Ohren schepperten, wagte er es nicht nochmals, den Kopfhörer abzusetzen. Kommentar- und ausdruckslos hob er daraufhin die Hand als Zeichen, dass die Botschaft angekommen war.

Nun stand er zwar hier in einem Aufnahmeraum, doch die einzige Gemeinsamkeit, die diese Situation mit seinen Träumen hatte, war die Tatsache, dass er sich für Gesangsaufnahmen in einem professionellen Tonstudio befand. Zu seinem großen Bedauern ging es dabei nicht um seine eigenen Songs oder die der Band, sondern war gezwungen, irgendwelche unerträgliche Schnulzen zu tremolieren, zu denen er nicht den geringsten Zugang hatte. Ganz im Gegenteil. Dementsprechend schlecht war auch seine Performance. Auch wenn er tonal nur selten daneben lag und auch kaum einen Einsatz verpasste, verhinderte dennoch seine Abneigung den aufgezwungenen Liedern gegenüber eine gute Leistung.

An diesem Tag zeigte der Produzent den beiden Sängern, wer der Boss war. An allem mäkelte er herum, ließ sie jeden einzelnen Part gefühlte tausend Mal einsingen und fand doch immer wieder etwas daran auszusetzen. Zwar hatte manche Kritik durchaus ihre Berechtigung, doch hatte er sich am Vortag mit derselben schlechten Leistung noch zufrieden gezeigt. Es war offensichtlich, dass er auf die ständigen Wiederholungen einfach nur deshalb bestand, weil er sich daran berauschte, den beiden aufmüpfigen 'Rotznasen' seine Macht zu demonstrieren.

Als es früher Nachmittag war, machte er endlich eine Pause. Bevor er den Raum verließ, wandte er sich nochmals wütend zu den beiden um, fuchtelte dabei mit dem Zeigefinger in ihre Richtung. „Eine Pause müsst ihr euch erst noch verdienen. Wenn das heute also noch was werden soll, dann übt ihr gefälligst weiter. So lange, bis das endlich mal klappt. Kapiert?" Hart auftretend entferne er sich schließlich. Kaum hatte sich die Tür hinter Herrn Weiss geschlossen, ließ sich Flo vor Erschöpfung rücklings auf das Sofa im Aufenthaltsraum sinken.

„Boah, und ich dachte, das sei bisher schon ein Alptraum gewesen. Wenn ich mich nicht Hals über Kopf in dich verliebt hätte, würde ich dich glatt bitten, dem Kerl schöne Augen zu machen, bloß damit er uns in Ruhe lässt." Erschrocken hielt der junge Mann inne. Autsch – das hatte er seiner Gesangspartnerin eigentlich nicht so unverblümt sagen wollen; schon gar nicht jetzt. Gespannt, wie sie auf dieses Geständnis reagieren würde, hielt er den Atem an.
Einmal mehr wurde er überrascht. Mia schnaubte kurz, bevor sie angeekelt das Gesicht verzog. „Iiih, nööö! Dem Kerl würde ich niemals schöne Augen machen können, egal wie sehr der mich auch nervt. Der sieht ja nicht einmal gut aus. Nee, nee. Aber ohne dich wäre ich dem bestimmt schon längst an die Gurgel gegangen." Dann lächelte sie den Sänger vielsagend an. „Was das

mit der Liebe zwischen uns angeht - da können wir gerne drüber reden. Obwohl – ich glaube, wir lassen das Quatschen und gehen gleich zum Küssen über. Viel Zeit werden wir eh nicht haben, bis das alte Sackgesicht wieder da ist."

Bevor Florian wusste, wie ihm geschah, hatte sich die junge Frau regelrecht in seine Arme geworfen. Leidenschaftlich legten sich ihre Lippen auf die seinen. Im Bruchteil einer Sekunde hatten sie alles um sich herum vergessen.

Nach einem langen und innigen Kuss löste sich Mia so weit von Flo, dass sie ihm mit einem vor Freude sprühenden Lächeln in die Augen sehen konnte. „Ich denke, wir sollten in der Pension in das Doppelzimmer umziehen. Dann haben wir wenigstens angenehme Nächte, wenn die Tage schon so grauenhaft sind."
Der Sänger schluckte schwer. Ihm blieb kaum Zeit für ein verblüfftes, aber zustimmendes Nicken, bevor die junge Frau wieder an seinen Lippen klebte. Mangelnde Zielstrebigkeit konnte man ihr wirklich nicht vorwerfen.

Als der Produzent aus der Pause zurückkam, blieb er bei dem Anblick, der sich ihm bot, wie angewurzelt stehen. „Ich glaub', ich werde blind! Wollt ihr mich eigentlich verarschen, oder was? Ich hab' gesagt, ihr sollt singen, verdammt noch mal! Von Bumsen war keine Rede!"
Die Sänger lagen mehr ineinander verschlungen auf dem Sofa, als dass sie saßen. Mit angesäuertem Blick

fügte er lautstark hinzu: „Dann sollte ja wenigstens das Duett klappen!" Im Stechschritt schoss er in den Regieraum, von wo aus er bereits Sekunden später nach Flo brüllte.

Kapitel 11

Für heute sind die Aufnahmen beendet. Seht bloß zu, dass ihr das morgen besser hinbekommt, sonst lernt ihr mich richtig kennen. Und jetzt geht mir aus den Augen!"

Dietmars Lippen waren verkniffen, was die beiden ahnen ließ, dass der nächste Tag auch nicht angenehmer werden würde.

Demonstrativ verließen sie das Studio Hand in Hand. Während sie auf dem Weg zurück zur Pension durch das Dorf schlenderten, fuhren die Gefühle mit ihnen Achterbahn. Überglücklich, einander zu haben, blieben sie immer wieder stehen, um sich zu küssen. Doch schon im nächsten Moment wurden sie von abgrundtiefer Trauer übermannt, wenn sich die Hoffnungslosigkeit ihrer Situation wieder ins Bewusstsein drängte.

Als sie die Tür zur Pension öffneten, wehte ihnen ein Hauch von Geborgenheit entgegen. Dabei fiel die ganze Anspannung dieses zermürbenden Tages von ihnen ab, was sich augenblicklich in tränenreichem Schluchzen entlud, während sie Arm in Arm die Stufen am Eingang hochstiegen.

Ausgerechnet in diesem Moment kam ihnen Herr Stilzbach entgegen. Entsetzt hielt er inne.

„Du liebe Güte, ist es denn so schlimm, hier zu wohnen?", fragte der Kobold seine Gäste mit Bedauern in der Stimme.

Beide Sänger schüttelten den Kopf. „Nein, das ist nicht der Grund, das hat wirklich nichts mit Ihnen oder der Pension zu tun", antwortete Florian.

Mia setzte nach einem Schniefen hinzu: „Zugegeben, von außen sieht es tatsächlich nicht besonders einladend aus, aber dafür ist es innen schlicht und ordentlich.

Nein, wir sind wegen Herrn Weiss so durch den Wind. Als wäre es nicht genug, dass er uns von Anfang an über den Tisch gezogen hat, neidet er uns jetzt auch noch unsere Liebe, womit er uns das Leben noch schwerer macht, als es durch ihn ohnehin schon ist."

„Oje. Es tut mir leid, das zu hören." Der Pensionsbetreiber schüttelte bekümmert den Kopf. „Dabei habe ich immer gedacht, es sei eine große Ehre, mit Dietm... mit Herrn Weiss zusammenzuarbeiten und dass alle total scharf drauf wären."

Nachdenklich macht er eine Pause. Dann hellte sich seine Miene auf.

„Aber dann wird euch bestimmt aufmuntern, dass ich heute Mittag Kuchen gebacken habe", verkündete er voller Freude. „Einen habe ich zum Abkühlen im Aufenthaltsraum auf den Tisch gestellt. Der ist für euch und die anderen fünf Gäste, die sich für heute Abend angekündigt haben. Bitte seid so nett und lasst ihnen etwas davon übrig."

Mit freundlichem Nicken zog sich Herr Stilzbach danach wieder in seine privaten Räume zurück.

Florian wollte schon den Aufenthaltsraum ansteuern, um sich ein Stück Kuchen zu sichern, als er von Mia zurückgehalten wurde. „Warte, lass uns erst nach oben gehen, sonst wird das nix mehr mit dem Doppelzimmer, wenn die anderen Gäste erst mal da sind. Ich würde vorschlagen, wir schnappen uns gleich unsere Sachen mitsamt dem Bettzeug und ziehen um. Dann können sich die anderen auf die Einzelzimmer verteilen."

Dem jungen Mann wurde beinahe ein wenig schwindelig bei diesen Worten. Nicht, dass er etwas gegen das Doppelbett hätte einwenden wollen - nur hätte er sich nicht getraut, den Vorschlag wieder aufzugreifen, den Mia am Nachmittag so scheinbar nebensächlich daher gebracht hatte.

Er musste lächeln, denn so sachlich, wie sie die Angelegenheit eben erläutert hatte, glich dies eher einem organisierten Raumverteilungsplan als einem Vorschlag. Also folgte er ihr schnell nach oben, bevor die anderen Gäste kamen oder Mia sich das doch nochmals anders überlegen würde.

Als Mia nach dem erfolgreichen Zimmerwechsel in wohlerzogener Weise die Bettdecke zurechtzupfte, beugte sie sich hierfür über das halbe Bett. Da war es plötzlich, als würden aus Florians Stirn zwei kleine Hörnchen wachsen. Mit verstohlenem Blick griff er sich sein Kopfkissen, um es Mia mit Schwung in den Rücken zu knallen. „Umpf!", dann lag sie regungslos auf dem Bett, mit dem Gesicht nach unten, die Arme seitlich von sich gestreckt. Zuerst kringelte sich Flo vor Lachen, aber als die junge Frau gar keine Anstalten machte, sich zu bewegen, wurde ihm allmählich doch mulmig.

„Mia? Ist alles okay bei dir?", fragte er unsicher. Keine Reaktion. „Mia?"

Vorsichtig rüttelte er sie. In diesen Moment drehte sie sich blitzartig um.

„WAAAAH!", brüllte sie, Florian wich erschrocken zurück, stolperte dabei über die eigenen Füße und landete auf dem Hosenboden. Mia bekam einen Lachkoller. Mit angezogenen Beinen hatte sie sich auf die Seite gerollt und musste sich den Bauch halten.

Im ersten Moment war Flo ein wenig beleidigt, dass sie ihm solch einen doppelten Schrecken eingejagt hatte. Doch ihr Lachen war so ansteckend, dass auch er sich nicht mehr zurückhalten konnte. Als sich die beiden nach ein paar Minuten wieder beruhigt hatten, rappelte er sich auf, um sich neben sie zu setzen. Doch dazu kam es nicht, denn in diesem Moment griff sie nach jenem Kissen und knallte es ihm ins Gesicht.

„Deins!" Erneut wurde sie von einem Lachanfall durchgeschüttelt, der diesmal eher gesundheitsgefährdend anmutete.

Florian überlegte kurz, ob nun er 'Toter Mann' spielen sollte, doch nachdem Mia vor lauter Lachen aus dem Bett gefallen war und auf dem Boden kauernd weiterblökte, war er dazu nicht mehr in der Lage. Bei diesem Anblick konnte auch er nur noch Brüllen vor Lachen.

Als er wieder halbwegs bei Atem war, gackerte er bis über beide Ohren grinsend: „Pass bloß auf, du...!"
Er warf sich auf Mia, um sie festzuhalten, damit er ihr andeutungsweise den Hintern versohlen konnte. Natürlich versuchte sie zu entkommen, doch Flo schaffte es immer wieder, sie irgendwie zu fangen, was in dem kleinen Raum eigentlich auch keine besondere Kunst war.
„Hab' ich dich!", rief er triumphierend, als er sie eng umschlungen in seinen Armen hielt. Dann hob er sie hoch – und kippte erneut nach hinten um. Glücklicherweise wurde der Sturz diesmal vom Bett aufgefangen. So kam es, dass Mia plötzlich auf ihm lag. Die zwei jungen Menschen sahen sich dabei lachend tief in die Augen, bevor sie sich erneut hingebungsvoll küssten und ausgiebig kuschelten. Vor lauter Entspannung wären sie dabei fast eingeschlafen, wenn ihnen nicht der verführerische Duft des Backwerks in die Nase gestiegen wäre, der mittlerweile durch das ganzen Haus zog.
Fast zeitgleich öffneten sie die Augen. Dann sahen sie einander an und sagten wie aus einem Mund: „Der Kuchen! Die Gäste!"

Doch bevor sie nach unten gingen, richteten sie schnell noch ein wenig die Frisur, damit es nicht nach etwas aussah, was gar nicht geschehen war. Im Aufenthaltsraum angekommen machte es sich Mia gleich auf der Eckbank gemütlich. Florian schloss die Tür, dann ging er ebenfalls zum Tisch. Im Stehen schnitt er zwei Stück Kuchen herunter, wovon er eines seiner Freundin reichte. „Ob die Neuen wohl auch so arme Schweine sind, die von Dietmar über den Tisch gezogen wurden? Aber wann will er die dazwischenschieben?"

Das Backwerk schmeckte wirklich ausgezeichnet, weshalb Flo mit dem Gedanken spielte, sich noch ein zweites Stück zu genehmigen, als sein Smartphone klingelte.
„Was'n jetzt?", grummelte er, während er es aus der Hosentasche zog. Ein Blick auf das Display, dann ein Seufzer: Jo war dran. Gerade war es Florian mit Hilfe des Kuchens und dem aktionsreichen Bezug des Doppelzimmers gelungen, den furchtbaren Tag hinter sich zu lassen. Doch Jo's neugierige Fragen würden sicher alles wieder aufwühlen. Nicht dranzugehen war jedoch auch keine Option, sonst würde sich der Keyboarder bestimmt nur unnötige Sorgen machen.
Kaum hatte er den Anruf entgegen genommen, schallte ihm bereits Ioannis' Stimme entgegen: „Sag mal, kann es sein, dass die Pension Stilzbach irgendwie heruntergekommen und verlassen aussieht?"
Der Sänger brauchte ein paar Sekunden, um die Frage zu begreifen. Zögerlich antwortete er: „Ja, stimmt, von außen sieht es schon etwas baufällig aus, aber innen ist es ganz in Ordnung. Herr Stilzbach hat heute sogar Kuchen gebacken. Wieso fragst du? Habt ihr auf Google-Earth nachgesehen?"

Am anderen Ende der Leitung hörte er ein Kichern. „Nö." Dann brach die Verbindung ab.

Florian starrte auf sein Smartphone, als würde es grüne Tentakel bekommen. Mia sah ihn fragend an, doch der Sänger schüttelte nur den Kopf. „Wahrscheinlich ein Funkloch. Wer weiß, wo Jo gerade wieder herumturnt. Ich werde später nochmals versuchen, ihn zu erreichen."

Als kurz darauf die Türglocke erklang, blickten die beiden gespannt zur Tür. Im Vorraum waren zuerst die schlurfenden Schritte des Pensionsbetreibers zu hören, danach Stimmengewirr von mehreren Personen, die alle gleichzeitig zu reden schienen. Was gesprochen wurde, war vom Aufenthaltsraum aus allerdings nicht zu verstehen. Doch vermutlich wurden die Neuankömmlinge in etwa mit den gleichen Worten begrüßt wie sie selbst zwei Tage zuvor.

„Sind es denn wirklich erst zwei Tage, dass wir hier sind?", fragte Mia mehr sich selbst als ihr Gegenüber. „In dieser Zeit ist so viel passiert, dass es mir wie zwei Wochen vorkommt." Sie verstummte kurz. „Was meinst du? Es waren ziemlich viele Stimmen, ob die anderen wohl alle gemeinsam gekommen sind?"

Zu einer Antwort reichte es dem Sänger nicht mehr, da in diesem Moment die Tür zum Aufenthaltsraum aufgerissen wurde, in welcher sich ein über das ganze Gesicht grinsender Jo präsentierte. „Überraschung!"

Wäre Florian nicht ohnehin gesessen, hätte es ihn jetzt wahrscheinlich erneut umgehauen. Ungläubig starrte er seinen Freund an. Die Augen wurden sogar noch größer, als nach und nach alle Bandmitglieder in den Raum eintraten.

Bevor Flo zu einer Begrüßung ansetzen konnte, stürzte Ricky zum Tisch. „Kuchen! Herr Stilzbach hat gesagt, dass der auch für uns ist. Das ist doch der Selbstgebackene, nicht wahr?" Schnell schnappte er sich das auf dem Tisch liegende Messer, um sich ein großzügiges Stück von dem Rührkuchen abzuschneiden. Florian und Mia waren aufgestanden, um auf die Neuankömmlinge zuzugehen.

„Dir auch einen schönen Abend, Fresssack", begrüßte Florian mit leichtem Kopfschütteln den Gitarristen. Unterdessen umarmten die anderen Bandmitglieder zuerst Florian, dann Mia zur Begrüßung. Nachdem sich Ricky den Mund vollgestopft hatte, umarmte auch er, mit dem angebissenen Kuchenstück in der Hand, die beiden Sänger.

„Mia, darf ich vorstellen: meine Band Flo Circus. Der gierige Kuchenvernichter hier vorne ist Ricky, das da hinten sind Matze, Max, Jo und Steffen." Dann legte er einen Arm um die junge Frau. „Leute, das ist Mia, Leidensgenossin und Freundin."

Ricky sah erstaunt zwischen den beiden hin und her. „Wie jetf – Freundin? Feit wann daff denn?", nuschelte er mit vollem Mund, wobei er eifrig Kuchenkrümel versprühte.

Die beiden lösten sich hastig voneinander, um dem Lebensmittelregen auszuweichen. „He!", rief Florian empört, als er die Flugbahn der Krümel bis zu deren

Landung mit den Augen verfolgte. Die Antwort auf die Frage musste warten.

Derweil hatte Max die Kaffeemaschine angesteuert. Interessiert beobachtete er, wie das schwarze Gebräu in die Kanne tropfte. Als schließlich alle am Tisch saßen, wurde der verbliebene Kuchen mehr oder weniger gleichmäßig aufgeteilt. Diesmal setzte sich Flo direkt neben Mia auf die Eckbank. Schon seit ihrer Ankunft in der Pension Stilzbach sah Flo seine Bandkollegen erwartungsvoll an. Als jedoch keiner von ihnen zu bemerken schien, dass er eine bohrende Frage beantwortet haben wollte, hielt er es nicht mehr aus. „Leute", platzte es aus ihm heraus, „ich freue mich ja echt riesig, dass ihr da seid, aber – wieso seid ihr da?"

Die anderen grinsten sich an, dann antwortete Jo: „Weil wir so eine Ahnung hatten, dass etwas gar nicht in Ordnung ist. Diesen Plan B hatten wir schon seit letzter Woche bereit. Dabei haben wir unseren Chefs die Situation erklärt, um kurzfristig Urlaub nehmen zu können. Nachdem ich also nichts von dir gehört hatte, sind wir hergefahren."

Der Sänger schwieg kurz vor Verblüffung. „Wie jetzt – ihr seid hergekommen, weil ihr nichts gehört habt? Vielleicht lief ja alles so gut, dass wir vor lauter Aufnehmen keine Zeit hatten zu telefonieren. Oder wäre Mami entzückt gewesen, wenn sich klein Flori am Sonntag gemeldet hätte, dass er gut angekommen ist?"

„Wäre durchaus angebracht gewesen", erwiderte Jo in etwas vorwurfsvollem Ton auf diese Spitze. „Aber ich bin nicht deine Mami. Allerdings kenne ich dich ganz gut. Wenn alles super gelaufen wäre, hättest du es nicht erwarten können, mir davon vorzuschwärmen, im Zweifelsfall auch auf die Mailbox. Dass du dich seither aber so gar nicht gemeldet hast, habe ich als schlechtes Zeichen gewertet. Oder lag ich damit falsch?"

Florian fühlte sich ertappt, weswegen er nicht sofort antwortete. Dies übernahm Mia für ihn. „Du hast leider recht mit deiner Vermutung. Nicht genug, dass er unsere Lieder verschandelt hat, er führt sich dazu auch noch auf wie ein Feldwebel. Heute war er mit nichts zufrieden, hat die ganze Zeit nur rumgemault. Aber daran ist er selbst schuld. Ich meine, was zwingt uns der Kerl auch dazu, seine dämlichen Schnulzen zu singen. Dass das nicht wirklich gut geht, hätte er sich selbst denken können."

Florian legte einen Arm um seine Freundin und ergänzte: „Wär vielleicht nicht so schlimm gewesen, wenn er uns nicht beim rumknutschen erwischt hätte. Danach ist er ziemlich ausgetickt."

Nicht nur Matze braucht ein paar Sekunden, bis er das eben gehörte verarbeitet hatte. „Ähm – warte mal, hab ich das gerade richtig mitbekommen? Sagtest du soeben wirklich 'herumknutschen'?"

„Ja... na ja, also... ja. Und?", stammelte Flo verunsichert, sah fragend von einem zum anderen.

„Also gut", fuhr der Bassist fort, „jetzt mal alles schön der Reihe nach, denn ich bekomme das gerade irgendwie nicht mehr zusammen. Ist das also der Grund, warum du dich nicht gemeldet hast? Dann kann es ja nicht so schlimm sein, wie du uns weißmachen willst."

„Doch, ist es!", antwortete Flo verärgert, weil er sich missverstanden fühlte. Mia nickte zustimmend. „Auf jeden Fall während der Aufnahmezeit. Hätten Mia und ich nicht zueinander gefunden, um uns – nun – moralisch zu unterstützen, hätten wir wahrscheinlich schon längst ins Gras gebissen."

Dann erzählten die beiden Sänger, was ihnen seit ihrer Ankunft in Großrumpelshausen alles widerfahren war. Hin und wieder stellte einer der Jungs eine Zwischenfrage, zumeist hörten sie aber nur ungläubig zu. Alle waren so gebannt von der Erzählung, dass keiner mitbekam, dass Herr Stilzbach im Türrahmen stand und ebenfalls zuhörte.

Als sie geendet hatten, herrschte Stille im Raum. Matze blickte die beiden einige Zeit nachdenklich an, bevor er nickte. „Hab schon mal sowas gehört, dass der Schnulzen-Didi gerne mal mit den Sängerinnen anbandelt. Immer nur so ein bisschen Vergnügen für ihn, nichts Ernstes. Du bist hübsch, Mia. Ich kann mir schon vorstellen, dass er dich gerne als Bettwärmer gehabt hätte, also für eine Weile halt. Und dann wagst du es, einfach so mit einem dahergelaufenen Sängerkollegen rumzumachen. Klar, dass das dann kein schöner Tag für euch war."

„Mia ist kein Bettwärmer", ereiferte sich Flo.

Der Bassist lachte. „Hab ich ja auch nicht behauptet. Das ändert aber nichts daran, dass Dietmar sie wahrscheinlich gerne so benutzt hätte."

Wieder entstand eine Pause, bis Ricky nach den Stücken fragte, die sie einsingen sollten. „Warte, ich habe die Instrumentalversion noch auf meinem Phon." Flo suchte das erste der Pflicht-Lieder heraus, dann drückte er die Play-Taste.

„Autsch", war der einzige Kommentar von Max, doch die entsetzten, beinahe schmerzverzerrten Gesichter der anderen sprachen Bände.

„Boah, mach das aus! Mach das aus!", wimmerte Jo. Offensichtlich gefiel keinem, was sie da hörten.

In der Zwischenzeit hatte Mia ebenfalls ihr Smartphone gezückt. „Dann passt mal auf, was jetzt kommt. Das hier ist das Duett". Mit diesem Hinweis schaltete sie die Wiedergabe ein.

Um die ganze Angelegenheit so richtig ins Lächerliche zu ziehen, sang Flo seinen Part mit übertriebener Inbrunst, beim Refrain stimmte Mia schließlich mit ein.

Die Reaktionen hätten nicht gegensätzlicher sein können. Während Steffen, Matze und Max vor Lachen fast von ihren Stühlen fielen, blieben Ricky und Jo erstaunlich ernst.

„Das Lied ist dermaßen be...scheiden. Einfach eine Null-Acht-Fünfzehn-Schnulze wie hunderttausend andere auch, ohne jeglichen Tiefgang, leidenschaftslos auf ein bisschen rockig getrimmt. Aber eines muss man Schnulzen-Didi lassen", sinnierte Ricky. „Er hat anscheinend ein Gehör dafür, welche Stimmen zusammenpassen, und eure zwei passen wirklich gut zusammen. Mit der richtigen Musik wäre dieses Duett echt stark."

Bei diesen Worten hatten die anderen aufgehört, zu lachen. Verblüfft sahen sie den Gitarristen an, der zu Flo und Mia sagte: „Singt das noch mal, nur ohne dieses grauenhafte Gedudel. Singt es, als wäre es ein Rocksong. Ist das deine Klampfe da drüben? Ich habe eine Idee." Ricky zeigte auf den Gitarrenkoffer, der in der Ecke des Aufenthaltsraums stand.

„Ist meine, kannst sie aber trotzdem nehmen", antwortete Mia.

„Das Lied wird dadurch zwar nicht gut", fuhr Ricky fort, „aber wenigstens wird man zuhören können, ohne einen Lachflash oder einen Hirnkrampf zu bekommen."

Steffen spürte, was Ricky vorhatte. So kramte er zwei hölzerne Kochlöffel aus der Schublade des Küchenbuffets im Aufenthaltsraum, mit welchen er auf dem Tisch einen Rhythmus zu den Akkorden trommelte, die Ricky auf der Gitarre spielte, während Flo und Mia das von Dietmar geschriebene Duett zum Besten gaben. Es war allerdings fraglich, ob der das Lied in dieser Version erkannt hätte.

Zwar gab es auch nach dem zweiten Durchgang keinen Hirnkrampf, wie von Ricky befürchtet, aber der ebenso prognostizierte Lachflash hatte nun doch alle befallen, weswegen es ihnen nicht mehr möglich war, die Darbietung fortzusetzen.

„Leute", japste Flo zwischen zwei Lachanfällen, „das war es, was wir gebraucht haben. Eine Truppe, die Spaß macht und Musik, die man auch anhören kann. Das hat die Gehörgänge wieder von dem Unrat befreit, der uns... ach, ihr wisst schon. Vielen Dank, dass ihr gekommen seid. Wenn uns jetzt noch was einfällt, wie wir aus dem Vertrag rauskommen, ist meine Welt für den Moment in Ordnung."

Lachend blickte er zu Mia. Doch das Lachen wich sofort aus seinem Gesicht, als er sah, wie ihr eine Träne über die Wange lief. „Was hast du denn?", fragte er besorgt, während er ihr seine Hand auf die Schulter legte.

Sie schluckte. „Ach, weißt du", fing sie zögerlich an. Das Sprechen fiel ihr schwer vor Traurigkeit. „Es ist so toll, wie deine Freunde zu dir halten. Ich musste gerade an meine Band denken – meine Ex-Band", verbesserte sie sich. „Deren Aufmunterung könnte ich jetzt auch gebrauchen. Aber die wollen ja nichts mehr mit mir zu tun haben."

Der Sänger nahm die junge Frau behutsam in die Arme. Er suchte nach tröstenden Worten, wusste aber nicht so richtig, was er darauf antworten sollte. Doch für Mia war es schon Trost, zu fühlen, dass sie doch nicht alleine war. Da bedurfte es keiner Worte.

„Was sind das denn für Trottel?", ließ sich Steffen vernehmen, der für diese Worte zweifelnde Blicke erntete. „Ja, ich weiß", versuchte er abzuwiegeln. „Anfangs war ich auch dermaßen sauer auf Flo, dass ich ihn am liebsten auf den Mond oder noch weiter geschossen hätte. Aber nachdem ihr mir den Sachverhalt nochmals genau erklärt hattet, ließ ich mir alles ein paarmal durch den Kopf gehen. Dabei wurde mir klar, dass ich alles komplett falsch verstanden hatte. Meine Reaktion war total überzogen, weil ich ihn für einen Verräter hielt, der jetzt sein Ding durchziehen will und uns dabei links liegen lässt, nachdem er ein tolles Angebot bekommen hat. Doch wie wir mittlerweile alle wissen, lag ich damit völlig daneben. Darauf wäre ich auch ohne euer Zureden gekommen." Nach einer kurzen Pause fügte er etwas leiser hinzu: „Nur ging's so wahrscheinlich schneller."

„Wohnst du eigentlich weit weg von uns, Mia?", fragte Ricky und sah die Sängerin neugierig an. Sie löste sich halb aus der Umarmung, um antworten zu können. „Glücklicherweise nicht. Wir haben festgestellt, dass wir nur dreißig Kilometer auseinander wohnen. Bis zu meinem Proberaum waren es zwar auch nur dreißig Kilometer, allerdings genau in die andere Richtung. Auch wenn wir unsere Auftritte fast nur in der näheren Umgebung davon hatten, waren diese eher in nördlicher Richtung, also noch weiter von mir zu Hause entfernt. Wahrscheinlich hatten wir deshalb noch nichts voneinander gehört, trotz der relativen Nähe. Wobei mir der Name Flo Circus schon mal begegnet ist. Ich konnte mir aber nichts darunter vorstellen."

„Prima", freute sich Ricky. „Denn das hat sich vorhin echt super angehört. Was hältst du davon, bei uns einzusteigen? Nur wenige Bands haben zwei Sänger. Einen Sänger und eine Sängerin – damit wären wir etwas Besonderes, zudem variabler. Das hier ist deine Gitarre, dann kannst du bestimmt auch darauf spielen. Während also einer von euch beiden singt, könnte der andere solange die Rhythmusgitarre übernehmen. Was meint ihr dazu, Jungs?"

Die anderen Bandmitglieder waren von dieser Idee ausnahmslos begeistert, Florian sowieso. Mia war so ergriffen, dass sie einen Moment brauchte, um auf das Angebot antworten zu können.

„Ich weiß gar nicht, was ich sagen soll", begann sie schließlich, machte dann aber nochmals eine Pause, in der Hoffnung, dass ihre Stimme dann wieder fester klang. Sie atmete einmal tief durch. „Ihr kennt mich doch gar nicht. Ich würde aber wahnsinnig gerne mit euch in einer Band spielen. Glaube ich jedenfalls, so wie ich euch heute Abend kennengelernt habe."

Steffen grinste von einem Ohr zum anderen. „Als ich neu in der Band war, haben mich die anderen auch nicht gekannt. Wenn's gar nicht klappt, kannst du ja immer noch aussteigen. Aber wenn wir es nicht versuchen, wäre das echt schade. Außerdem: wenn sogar Flo so gut mit dir auskommt, wirst du schon zu uns passen."

Florian blickte fragend in Steffens Richtung. „Hm? Willst du mir was Bestimmtes sagen?" Doch Steffen grinste nur, worauf Flo die Augen verdrehte und kopfschüttelnd seufzte.

Im Raum wurde es kurz still. Mia nickte wortlos, während ihr ein paar Tränen der Rührung über die Wangen kullerten. Flo nahm sie daraufhin überglücklich wieder in die Arme, um sie zu küssen. Laut johlend applaudierten die restlichen Musiker, um Mia in der Band Willkommen zu heißen.

„Dann wäre das ja geklärt", ergriff Jo fröhlich das Wort. „Dann müssen wir jetzt bloß noch sehen, wie wir euch aus den Verträgen rauskriegen, oder zumindest das Beste draus machen."
Flo zog ein Gesicht wie sieben Tage Regenwetter. „Ach, komm! Gerade war ich so in Hochstimmung, dann musst du diesen blöden Vertrag erwähnen. Aber gut, wenn wir schon mal dabei sind... Ricky, hat die Anwältin noch was gesagt?"
Der Gitarrist schüttelte den Kopf. „Bei einem ersten Überfliegen hat wohl alles ordnungsgemäß ausgesehen. Dass deine Tantiemen mit den Studiogebühren, Werbungskosten und sonstigen Ausgaben verrechnet werden, ist anscheinend nicht unbedingt anfechtbar. Sollte sich dein Song millionenfach verkaufen, ließe sich da vielleicht was machen, dass du dafür doch noch Geld bekommst, aber bis dahin sieht das eher schlecht für dich aus."

Flo nickte, schüttelte aber gleich darauf den Kopf. „Ganz ehrlich: natürlich wäre es toll, mit dem Song Geld zu verdienen, aber mir wäre es wichtiger, aus diesem Vertrag herauszukommen, damit Schnulzen-Didi mich nicht wie einen Leibeigenen zu Sachen zwingen kann, die ich gar nicht will. Zum Beispiel seine bescheuerten Lieder zu singen, zu meinem völlig verhunzten Lied zu singen, ohne meine eigenen Ideen einbringen zu können und dann womöglich noch mit diesen Schrottliedern auf Tour gehen zu müssen. Da es ja nur wenige Lieder sind, würde das bedeuten, wegen Fünfzehn-Minuten-Auftritten durch Deutschland zu jetten. So habe ich mir das nicht vorgestellt."

Mia nickte zustimmend. „Geht mir auch so. Wenn mein Lied weg ist: Pech gehabt. Das kann ich unter Lehrgeld verbuchen. Ich habe ja noch mehr Ideen auf Lager. Aber zwei Jahre Leibeigenschaft - darauf hab ich echt keinen Bock."

Plötzlich meldete sich Herr Stilzbach zu Wort. Er stand in der Tür, die von seinen privaten Räumen an den Aufenthaltsraum grenzten. „Bitte verzeihen Sie, dass ich einfach so hereinplatze. Ich möchte Ihnen etwas mitteilen, das Sie interessieren dürfte. Wie ich bereits erwähnte, war ich stets der Meinung, dass es eine große Ehre sei, mit Herrn Weiss zu arbeiten. Er bringt die Sänger ja schon seit längerer Zeit bei mir unter. Viele waren vollkommen euphorisch. Gut, es gab schon den einen oder anderen, der nicht wirklich fröhlich war, wenn er vom Studio kam. Das habe ich aber immer darauf geschoben, dass es eben schwierig ist, einen Erfolgsproduzenten zufrieden zu stellen. Ich habe schon gehört, dass er sehr streng sein kann. Nach so einem stressigen Tag ist man dann nicht immer gut gelaunt. Was ich aber jetzt hier gehört habe, wirft ein ganz anderes Licht auf die Sache."

Worte suchend kratzte er sich am Kinn, bevor er weitersprach: „Ich wollte nicht lauschen. Eigentlich wollte ich die Gelegenheit nutzen, mich einfach ein wenig mit meinen Gästen zu unterhalten, wenn schon mal so viele da sind."

Er war sichtlich verlegen, schien nicht so recht zu wissen, was er weiter sagen sollte. Schließlich antwortete ihm Flo: „Das ist schon in Ordnung, Herr Stilzbach. Es war ja nichts hoch Geheimes. Dass Mia und ich uns nicht wohlfühlen, weiß ja sogar Dietmar. Der wäre ja ganz schön vernagelt, wenn er das nicht bemerken würde. Es interessiert ihn nur einfach nicht. Sie können sich gerne zu uns setzen, auch wenn die Stimmung gerade am Boden ist."

Während die Band etwas zusammenrückte, um für Herrn Stilzbach Platz zu machen, fügte Matze vorlaut hinzu: „Vielleicht würden ja mehr Gäste kommen, wenn Fassade und Fenster geputzt wären, eventuell sogar neu gestrichen. Hier drinnen ist es ja wirklich urgemütlich, aber von außen hatte ich den Eindruck, die Pension sei gar nicht mehr in Betrieb."

Betreten sah Herr Stilzbach zu Boden, seufzte schwermütig: „Ich weiß, ich weiß, Sie haben ja recht...".

Langsam und überlegend nickte er.

Dann hob er den Blick wieder. „Wenn ich Ihnen eine Möglichkeit aufzeigen könnte, aus dem Vertrag herauszukommen, wären sie dann bereit, als Lohn für meine Mühe Fassade und Fenster zu putzen?"

Abwartend sah er von Flo zu Mia, die sich gegenseitig anblickten.

Skeptisch fragte Mia: „Bisher ist wohl noch niemand auf dieses Angebot eingegangen?"

Herr Stilzbach schüttelte den Kopf. „Ich habe bisher noch niemandem ein solches Angebot unterbreitet. Ich weiß auch gar nicht, ob meine Idee denn funktioniert."

Nach einer kurzen Pause fügte er hinzu: „Keine Sorge – sollte es nicht klappen, brauchen Sie natürlich auch keine Renovierungsarbeiten durchzuführen. Dann werden Sie vermutlich genügend mit Herrn Weiss um die Ohren haben."

Wieder entstand eine Pause.

„Könnten wir uns kurz alleine beraten?", brachte sich Ricky in das Gespräch ein.

„Selbstverständlich. Ich werde mich in meine Räume zurückziehen. Sagen Sie mir einfach morgen Früh Bescheid, wie Sie sich entschieden haben." Mit einem freundlichen Nicken in die Runde verabschiedete sich der Pensionswirt und schloss die Türe hinter sich.

Für einen Moment blieb es still im Aufenthaltsraum.

„Klingt verlockend", rutschte es Mia und Flo unisono heraus, was die anderen Musiker durch Nicken bestätigten. „Nach dem, was wir bisher mitbekommen haben, wären ein paar Tage Fenster putzen das kleinere Übel, verglichen mit zwei Jahren Frondienst unter diesem Produzenten", überlegte Steffen laut.

„Hmm, das stimmt", bestätigte Jo. „Allerdings hat Herr Stilzbach auch gesagt, dass er nicht weiß, ob das klappt. Lasst ihr euch darauf ein und es funktioniert nicht, wird euch Herr Weiss extra leiden lassen. So wie ihr das erzählt habt, ist er darin ja recht gut."

Flo zog überlegend die Augenbrauen zusammen. „Da ich ihm, aus seiner Sicht betrachtet, Mia vor der Nase weggeschnappt habe, wird er mich ohnehin quälen, egal, wie sehr ich mich bemühe oder auch nicht. Da es also eh nicht schlimmer werden kann, bin ich bereit, auf Waldis Angebot einzugehen. Wenn's nicht klappt, werden es zwei schwierige Jahre. Sollte der Plan jedoch einwandfrei funktionieren, bin ich halt zwei Wochen mit Putzen beschäftigt. Aus meiner Perspektive ist das eine faire Gegenleistung, wenn ich dafür anschließend wieder frei bin. Dann könnten wir endlich wieder auf Tour gehen, auch mit Life Goes On, was dadurch nur noch einen tieferen Sinn bekommt. Das ist es mir wert. Und von Herrn Stilzbach Anweisungen zu bekommen, ist mir zehntausend mal lieber als das, was mir Schnulzen-Didi ständig um die Ohren haut."

Florian setzte eine entschlossene Miene auf, bevor er fortfuhr. „Seit ich hier bin, hat mich Dietmar mit seinem ständigen Kritisieren und Nörgeln dazu gebracht, dass ich mehr und mehr bezweifle, dass ich gut singen kann, geschweige denn, ob ich überhaupt singen kann."

Er wurde von Max' Lachen unterbrochen. „Was? Ausgerechnet du zweifelst an dir? Mann, du bist einer der besten Sänger im Metalbereich! Also, meiner Meinung nach. Ich dachte immer, du weißt das, so souverän, wie du jedesmal die Show durchziehst."

Flo wurde tatsächlich etwas verlegen. „Danke für das Kompliment. Aber auf der Bühne ist das mehr wie ein Rausch, gepaart mit Schauspielerei. Du solltest mich eigentlich gut genug kennen, um zu wissen, dass ich im wirklichen Leben längst nicht so selbstsicher bin. Allerdings hat mir der Gesangsunterricht wenigstens auf der Bühne zu mehr Sicherheit verholfen, um dort nicht kraftlos 'rumzufiepsen. Aber wenn ich dann vor Dietmar stehe, der mit gar nichts zufrieden ist, habe ich den Eindruck, alles war für die Katz'."

Mia kicherte. „Soll das etwa heißen, du hast im Studio wirklich mit deiner ganzen Leidenschaft gesungen und all dein Können gezeigt? Also, ich nicht. Ich habe mich bemüht, die Töne zu treffen, das war's auch schon. Bei dem Schrott, den wir da interpretieren sollen, ist von meiner Seite aus nicht mehr drin. Deshalb hat mich Didis Kritik nicht wirklich getroffen. Er hat ja recht, wenn er sagt, dass ich es hätte besser singen können."

Sie hielt kurz inne. „Wobei – nein. Diese – hm – ‚Lieder'
", sie deutete bei diesem Begriff mit jeweils zwei
Fingern Anführungszeichen an, „kann ich nicht besser
singen."
Florian schmunzelte: „Wo du recht hast... Nein, ganz
so enthusiastisch war ich dann doch nicht. Technisch
war mein Gesang zwar einwandfrei, trotzdem hat er
ständig nur gemosert. Vielleicht, weil ihm das ja Spaß
macht. Vielleicht, weil ihm doch die Leidenschaft
gefehlt hat? Aber wie soll ich Leidenschaft für etwas
aufbringen, das ich eigentlich hasse? Ich bin doch kein
Maso!"
Ärgerlich zog er die Augenbrauen zusammen, das
Lächeln machte einem verkniffenen Gesichtsausdruck
Platz.

„Deshalb muss das jetzt aufhören", fuhr er frustriert
fort. „Ich werde mir auf jeden Fall Herrn Stilzbachs
Angebot anhören. Wenn ich dann nur die geringste
Chance sehe, aus dem Vertrag entkommen zu können,
werde ich diese ergreifen!"
Seine Leidensgenossin wurde ebenfalls ernst: „Ich
mach mit. Wie du schon sagtest: schlimmer kann's
nicht mehr werden. Also lass uns die Chance
wahrnehmen, sofern sie wirklich existiert. Wenn wir
uns ranhalten, sollten wir zu zweit die Fassade mit
einem guten Hochdruckreiniger in einer Woche
geschafft haben."

„Dann soll es so sein", stellte Jo mit Entschiedenheit
fest. „Lasst uns Herrn Silzbach aufsuchen und hören,

was er zusagen hat. Jetzt gleich, nicht erst morgen. Wenn das klappt, helfe ich bei den Reinigungsarbeiten mit. Je früher wir damit fertig sind, desto früher können wir wieder auf Tour gehen. Die wir dann hoffentlich auch machen können, ohne dass uns der Weiss dazwischenfunkt." Jo nickte zur Bekräftigung seiner Worte.

Kurz brach ein Tumult los, als alle anderen Bandmitglieder ebenfalls ihre Hilfe beim Säubern der Fassade anboten. Flo und Mia umarmten sich still. Bei so viel Beistand durch die Freunde konnten sie ihre Tränen der Rührung nicht zurückhalten.

Nachdem sich alle wieder etwas beruhigt hatten, klopfte Florian an die Tür zu den Privaträumen des Pensionsbetreibers. Nachdem eine Reaktion ausblieb, öffnete er sie gerade so weit, dass er den Kopf durch den Spalt stecken konnte und rief nach ihm. Von weiter hinten im Gebäude ertönte dessen Stimme: „Bin gerade am Telefon. Komme gleich!"
Nachdem Flo die Tür wieder geschlossen hatte, gab er die Antwort an die anderen weiter.

Als nach einigen Minuten angespannter Ruhe Herr Stilzbach in den Aufenthaltsraum eintrat, richteten sich sämtliche Augenpaare erwartungsvoll auf ihn. Dies machte ihn ein wenig verlegen, weshalb er beschwichtigend die Hände hob.
„Ah, bitte noch etwas Geduld, werte Gäste. Den Ausweg kann ihnen nur mein Schwiegersohn aufzeigen. Er wird

gleich hier sein. Mit unserem Deal ist er einverstanden." Leiser fügte er hinzu: „War er jedenfalls gerade eben noch, als ich mit ihm telefonierte."

„Dann heißt es wohl: abwarten und Tee trinken. Ich setze mal einen auf. Will sonst noch jemand?", fragte Max in die Runde.

Nachdem sich alle, einschließlich Herrn Stilzbach, per Handzeichen gemeldet hatten, ging er an den Küchenschrank, um die Zutaten herauszusuchen. Währenddessen rückten die jungen Leute wieder näher zusammen, damit sich der Wirt zu ihnen setzen konnte.

„Wie lange gibt es die Pension Stilzbach eigentlich schon?", begann Mia schließlich ein Gespräch mit dem Hausherrn.

Dankbar für das Interesse begann er, seinen Gästen zu erzählen: „Diese Herberge wurde bereits von meinen Großeltern eröffnet. Sie hatte lange Zeit einen sehr guten Ruf. Doch in den letzten Jahren ist es zunehmend schwieriger für mich geworden, die Pension zu betreiben.

Zuerst zog meine Tochter aus, wodurch eine helfende Hand wegfiel. Als dann auch noch meine Frau gestorben war, musste ich mich um alles alleine kümmern.

Hinzu kommt, dass die meisten Gäste heutzutage mehr Komfort erwarten, als ich bieten kann. So musste ich meine Kräfte darauf konzentrieren, das Haus wenigstens innen sauber zu halten, doch habe ich dabei leider das Äußere zwangsläufig vernachlässigen müssen, wie ihr ja unschwer erkannt habt. Glücklicherweise sorgt Herr Weiss dafür, dass ich immer wieder Gäste habe, so kann ich mich wenigsten etwas über Wasser halten." Verständnisvoll nickten die Anwesenden, ohne etwas zu sagen.

Dann ergriff der Bassist das Wort: „Ich kapier' bloß nicht, warum Sie das jetzt tun. Bitte verstehen Sie mich nicht falsch, Herr Stilzbach. Ich freue mich wirklich, dass Sie Flo und Mia helfen wollen, aus dem Vertrag herauszukommen. Aber wenn der Weiss 'rauskriegt, dass Sie dahinterstecken, quartiert der doch auch niemanden mehr bei Ihnen ein. Ist das nicht ein finanzielles Risiko für Sie? Selbst wenn die Außenseite gerichtet ist, die Zimmer behalten ja trotzdem ihre einfache Ausstattung. Mehr Komfort werden sie potenziellen Gästen auch dann nicht bieten können."
Matze sah den Herbergsvater erwartungsvoll an.
Gemächlich nickend antworte er: „Das mag schon sein. Aber wisst ihr, seit ich durch euch erfahren habe, was Herr Weiss in Wirklichkeit für einen schlechten Charakter hat, möchte ich nicht mehr an seinen Machenschaften beteiligt sein. Während er groß abkassiert, bedenkt er mich trotz aller Mühen nur mit einem Almosen. Daher möchte ich ihm nicht mehr zur Verfügung stehen, nicht mehr auf ihn angewiesen sein. Auch wenn meine Tochter die Pension nicht weiterführen möchte, hält sich der Schaden in Grenzen, da ich sowieso demnächst meine Rente bekomme. Vielleicht verkaufe ich das Haus auch. Mit

einer schönen, sauberen Fassade erziele ich sicher einen besseren Preis. Das ist also in Ordnung." Herr Stilzbach lächelte dabei sein verschmitztes Koboldlächeln.

Bevor jemand etwas darauf erwidern konnte, öffnete sich die Tür. Adrian Teufel trat in den Raum.

Kapitel 12

Schlagartig verstummte jegliches Gemurmel, während der Neuankömmling seinen Blick langsam von einem zum anderen gleiten ließ. Lediglich das einsame Ticken der rustikalen Wanduhr war zu hören. Da Herr Stilzbach regelrecht spüren konnte, welche Anspannung auf seinen Gästen lastete, erhob er rasch die Hand zum Gruß. „Hallo Adrian. Schön, dass du es einrichten konntest. Liebe Gäste, das ist mein Schwiegersohn, Adrian Teufel."

„Der Adrian Teufel?", fragte Steffen ungläubig nach.

„Wenn du mit ‚der' Dietmars Assistenten meinst – ja", beantwortete Mia die Frage. Sie musterte den Mann im Eingang noch einen Moment, bevor sie ihn ansprach: „Wenn jemand einen Ausweg weiß, dann du, das ist mir klar. Aber hast du keine Bedenken, dass dich das deinen Job kostet, wenn er das herausfindet?"

Adrian holte tief Luft, um sich ein wenig zu beruhigen. Die Angelegenheit ging auch ihm nahe. „Ich bin einer der ganz wenigen", begann er, während er die Tür hinter sich schloss, „die Dietmar besser kennen als er sich selbst. Daher bin ich in der Lage, euch Informationen zu geben, die euch helfen können. Leicht wird es zwar trotzdem nicht werden, aber dadurch habt ihr wenigstens eine Chance. Was ihr daraus macht, ist eure Sache." Er räusperte sich. „Was mich angeht: Nun, ich arbeite schon seit vielen Jahren für ihn. Am Anfang war er noch nicht so knauserig, weshalb ich ganz gut verdiene. Würde ich heute einen Vertrag mit ihm abschließen, würde ich nur noch einen Bruchteil meines jetzigen Gehaltes bekommen. Allerdings behandelt er mich nach wie vor wie einen Laufburschen. Er ruft, und ich habe zu gehorchen. Ihr kennt das zwischenzeitlich ja auch."

Gedankenverloren blickte er vor sich hin, bevor er sich auf den freien Stuhl setzte, den sein Schwiegervater zuvor aus seinen Privaträumen hergebracht hatte.

„Jedenfalls habe ich die Schnauze gestrichen voll davon, wie ein unwissender Leibeigener behandelt zu werden. Ich bin schließlich gelernter Tontechniker."

„Verständlich, dass du da weg willst. Aber hast du schon was Neues in Aussicht?", erkundigte sich Ricky.

Adrian zögerte. Er war sich nicht sicher, ob es klug war, seine Pläne gegenüber Menschen preiszugeben, die er vor nicht einmal zwanzig Minuten zum ersten Mal gesehen hatte. In Gedanken wägte er die Situation ab. Schließlich dämmerte ihm, dass sich damit eine großartige Gelegenheit für alle Anwesenden bieten würde. Ein Lächeln schlich sich auf sein Gesicht. Dann erklärte er: „Seit ich für Dietmar arbeite, habe ich stets einen Teil meiner Einkünften zur Seite gelegt. Davon werde ich eine ganze Zeit leben können. Außerdem unterstützt mich meine Frau, die ihr eigenes Geld verdient. Wir werden schon über die Runden kommen."

Er atmete tief durch. Mit einem Funkeln in den Augen blickte er in die Runde, was deutlich machte, dass er noch etwas Wichtiges hinzuzufügen hatte. „Außerdem ist es so..." – wieder entstand eine Pause. Nach einem weiteren Räuspern brachte er es endlich über die Lippen: „Ich habe mir ein eigenes Tonstudio eingerichtet. Was haltet ihr davon, euer erstes Album bei mir aufzunehmen? Natürlich mit vollem Mitspracherecht. Bei den Kosten würde ich euch entgegenkommen. So könntet ihr euch euer erstes Album leisten und ich hätte eine Referenzaufnahme." Er sah in zweifelnde Gesichter. „Also, nur weil ich bei Schnul... bei Dietmar arbeite, heißt das noch lange nicht, dass mir auch gefällt, was ich da ständig zu hören bekomme. Weder Dietmars Äußerungen, noch das, was die, ähm... Künstler so von sich geben, vor allem tonal." Er winkte ab. „Nein, ganz im Gegenteil: ich bin Rock- und Metalfan. Ich weiß, worauf es ankommt." Die Bandmitglieder wurden jetzt sehr aufmerksam. „Außerdem würden wir nur einen Vertrag über die tatsächlich benötigten Studiozeiten abschließen. Wenn wir im Studio merken, dass wir nicht miteinander klar kommen, wird das nicht so teuer für euch."

Erwartungsvoll sah Adrian in die Runde. Die Musiker sahen sich gegenseitig an, Gemurmel setzte ein.

Schließlich ergriff sein Schwiegervater das Wort: „Ich schätze, das müssen meine Gäste erst verdauen und besprechen. Komm, Adrian, wir gehen ins Wohnzimmer. Dort warten wir die Entscheidung ab."

Damit erhob sich Herr Stilzbach und ging in Richtung des Zugangs zu seinen Privaträumen. Adrian folgte kurz darauf. Ihm war anzusehen, dass er sowohl verunsichert, als auch etwas enttäuscht war, weil die Band nicht sofort vor Begeisterung gejubelt hatte.

Im Aufenthaltsraum brach ein wahrer Sturm los. Alle taten ihre Meinung gleichzeitig kund, weshalb auch niemand wirklich verstand, was die anderen sagten. Jo stand auf, hob die Arme in die Luft und rief: „Leute! So bringt das nichts, beruhigt euch. Ich würde sagen, jeder von uns sagt jetzt seine Meinung zu dem Gehörten, ohne dass er von den anderen unterbrochen wird. Danach sehen wir, wo Einigkeit herrscht und worüber wir diskutieren sollten. Mia, fang du an."

„Danke, Jo", begann die junge Frau. „Von einer Abhängigkeit in die andere geraten will ich nicht. Aber wenn durch die Informationen von Adrian der Vertrag mit Dietmar tatsächlich aufgelöst werden kann, bin ich bereit, auf den Deal einzugehen, sofern uns der Vertrag mit Adrian genügend Freiraum lässt. Aber wahrscheinlich würde ich fast alles machen, um aus der Dietmar'schen Hölle zu entkommen."

Jo hob schnell abwehrend die Hände, als die anderen Bandmitglieder wieder unkoordiniert ihren Senf dazugeben wollten – alle gleichzeitig natürlich. Zu seinem eigenen Erstaunen konnte er dem Einhalt gebieten. Schnell bat er Flo um seine Meinung.

„Ich sehe es eigentlich genauso wie Mia", erwiderte der Sänger. Kurz tauschte er einen Blick mit ihr, bevor er fortfuhr. „Nur beschäftigt mich gerade, dass es sich für mich so anhörte, als gelte der Vertrag mit Adrian dann für die ganze Band. Das ist grundsätzlich das, was ich immer wollte, aber ich kann und will nicht für euch sprechen. Nicht nach dieser katastrophalen Fehlentscheidung mit Dietmar."

Zustimmende Gesten von allen Anwesenden. Um das Aufflammen von Tumult erneut zu unterbinden, beeilte sich Jo, dem nächsten Bandmitglied das Wort zu erteilen. „Steffen?"

„Eine Hand wäscht die andere, oder? Adrian hilft uns, unsere Sänger freizubekommen, wir verhelfen Adrian zu seiner ersten Produktion. Der Kerl macht auf mich einen ganz guten Eindruck. Wir wissen ja jetzt in etwa, worauf wir bei so einem Vertrag achten müssen. Eventuell kann uns auch die Rechtsanwältin helfen. Ich glaube, wir können es riskieren. Solange uns Adrian nicht unter Druck setzt, dass er uns die Informationen nur geben wird, wenn wir jetzt sofort unterschreiben, kann ich keinen Haken daran entdecken."

Nach und nach sprachen sich alle anderen auch in diesem Sinne aus. Abschließend teilte Jo seine Meinung mit: „Also, dann sind wir uns alle einig, denn ich sehe es genauso. Lasst uns Waldi und seinen Teufel holen. Mal sehen, was dann weiter passiert."

Gespannt auf das, was nun folgen würde, erhob sich Ricky, um durch die halb geöffnete Tür nach dem Pensionsbetreiber und seinem Schwiegersohn zu rufen.

Als Adrian das Ergebnis der Diskussion erfuhr, war er sichtlich erleichtert. Ein riesiger Stein fiel ihm vom Herzen.

„Setzen wir uns, dann lässt es sich leichter erzählen. Also gut, einen Vertrag habe ich jetzt nicht dabei. Ich bin eben nicht Dietmar. Aber ich gehe davon aus, dass ihr euer Wort haltet, so wie ich das meine halte." Sichernd sah sich Adrian in der Runde um. Nachdem alle nickten, fuhr er in verschwörerischem Ton fort: „Dann passt mal auf: Um aus dem Vertrag herauszukommen, müsst ihr zwei Dinge wissen. Erstens: es gibt Gerichtsurteile gegen ihn, dass seine Knebelverträge so nicht zulässig sind und er seine Vertragspartner unzulässig einschränkt, beziehungsweise an ihn bindet. Er hat die Verträge seither zwar leicht geändert, aber mit Hinweis auf die alten Gerichtsverfahren habt ihr trotzdem gute Karten, da rauszukommen. Vor allem, wenn ich als Zeuge auch bestätigen kann, dass euch die Verträge faktisch noch immer so benachteiligen, wie es auch schon bei den damaligen Verträgen der Fall war."

Verwundert sahen ihn die Bandmitglieder an. Schließlich war es Matze, der das Wort ergriff: „Ich habe noch nie davon gehört, dass es Gerichtsverfahren wegen Knebelverträgen gegen Herrn Weiss gegeben hat." Die anderen nickten zustimmend.
Auch Adrian nickte: „Stimmt, das ist der zweite Punkt, den ihr wissen müsst. Dietmar Weiss ist nur ein Pseudonym. Zum Zeitpunkt der Gerichtsverfahren agierte er noch unter seinem richtigen Namen. Wegen dieser Verfahren unternimmt er alles, damit niemand seinen richtigen Namen erfährt. Der lautet nämlich...", worauf er in kaum hörbaren Flüsterton verfiel. Die

Anwesenden, mit Ausnahme von Herrn Stilzbach und Herrn Teufel bekamen große Augen.

„Nee, echt jetzt?", rutschte es Ricky heraus.

Kapitel 13

Der nächste Morgen begann regnerisch trüb. Doch die Bandmitglieder ließen sich ihre gute Laune dadurch nicht vermiesen. Am Abend zuvor waren sie noch lange mit Adrian und Herrn Stilzbach zusammengesessen, um das weitere Vorgehen zu besprechen. Zum Glück mussten Flo und Mia an diesem Tag erst um zehn Uhr im Studio sein, so hatte Ricky Zeit, vorher mit Frau Kemmer, der Rechtsanwältin, zu telefonieren.

Mit einem breiten Grinsen legte er schließlich auf. „Bei Dietmars echtem Namen wusste Frau Kemmer sofort Bescheid. Sie sammelt jetzt alles, was es damals so an Veröffentlichungen gab. Sie meinte, dass ihr unter diesem Aspekt richtig gute Chancen habt, aus dem Vertrag herauszukommen."

Flo und Mia bekamen bei diesen tollen Neuigkeiten Herzklopfen vor Aufregung. Glücklich strahlten sie sich an.

„Na dann: packen wir den Stier bei den Hörnern, oder so ähnlich", warf Mia kampfeslustig ein.

„Olé Torero!", bekräftigte Matze ihren Ausspruch.

„Ihr seid albern", rügte Steffen, was jedoch nur dazu führte, dass alle anderen in ein fröhliches Kichern ausbrachen, von dem er sich widerstandslos anstecken ließ.

Nach einem ausgiebigen Frühstück, zu dem sie auch Herrn Stilzbach eingeladen hatten, verabschiedeten sich die Musiker herzlich von ihm, dann machten sie sich gemeinsam auf den Weg zum Studio.

Wie üblich öffnete Adrian die Tür. Er sah etwas übernächtigt aus, lächelte die Band aber trotzdem verschmitzt an. „Dietmar ist noch nebenan in seiner Villa, wird aber demnächst herüberkommen. Ich halte mich erst mal im Hintergrund, bin aber in Hörweite, falls ihr mich braucht. Macht es euch bequem." Das ließ sich Mia mit ihren sechs Männern nicht zweimal sagen. Im Aufenthaltsraum angekommen, wollte es sich Flo schon auf einem der Sitzmöbel gemütlich machen, als der Keyboarder mit einer Bitte auf ihn zukam.

„Kannst du uns kurz das Studio zeigen, solange wir noch sturmfreie Bude haben? Also, bloß kurz einen Blick überall reinwerfen. Keine großen Erklärungen. Aber ich möchte schon gerne sehen, wie das Studio von innen aussieht. Wobei ich mit diesem Wunsch bestimmt nicht alleine bin." Erwartungsvoll sah Jo den Sänger an.

Aus einem ersten Impuls heraus wollte dieser schon ablehnen, entschied sich dann aber anders. Was hatte er schon zu verlieren?

„Na dann, kommt, aber fasst bloß nichts an. Nicht dass uns Didi noch irgendwas unterstellt."

Dann führte er seine Bandkollegen durch Regieraum und Aufnahmeräume. Auch wenn es den einen oder anderen in den Fingern juckte, an den Reglern zu spielen oder das Schlagzeug im großen Aufnahmeraum auszuprobieren, respektierten sie Florians Bitte und begnügten sich mit einem schnellen Blick.

Auf dem Rückweg mussten sie Max regelrecht aus dem Regieraum zerren, der bei all den wundervollen Geräten die Welt um sich herum vergessen hatte. Schnell machte er mit seinem Smartphon noch ein paar Bilder, bevor er diese heilige Halle verließ, dann schloss sich die Tür hinter ihm. Sofort musste er sich die soeben geschossenen Fotos auf der Anzeige des Mobiltelefons betrachten, wodurch seine Fortbewegungsart etwas von einem Zombie bekam.

Doch selbst er war wieder rechtzeitig im Aufenthaltsraum zurück, bis der Hausherr schließlich auftauchte. Dieser hielt kurz inne und stutzte, als er die vielen Leute auf den Sofas sitzen sah. Dann ging er mit festen Schritten auf seine Vertragspartner zu, während hinter ihm die Tür mit Schwung ins Schloss fiel.

„Was soll die Versammlung hier? Wer hat euch erlaubt, Gäste mitzubringen?", schnauzte er die beiden Sänger an. Dann wandte er sich an die anderen Bandmitglieder: „Und ihr verschwindet sofort von hier. Das ist ein Privatgrundstück, da habt ihr ohne meine ausdrückliche Erlaubnis nichts verloren."

Florian und Mia schritten auf den Produzenten zu, während sich die anderen nicht rührten. Nach einem kurzen Blickwechsel mit seiner Freundin sah Flo dem Produzenten in die Augen.

„Wir haben die anderen als Zeugen mitgebracht, weil wir, Mia und ich, den Vertrag mit dir, Herrn Dietmar Weiss", was er besonders betonte, „hiermit kündigen." Nach diesen Worten verschlug es dem Produzenten zunächst für einen Moment die Sprache. Ungläubig blickte er dem jungen Mann ins Gesicht. Verunsichert ließ er ein gekünsteltes Lachen hören. „Habt ihr zwei im Lotto gewonnen, oder wie wollt ihr mich bezahlen?" Man spürte, wie er sich schnell von dem Schock über diese Mitteilung erholte, so dass seine übliche Arroganz wieder Oberhand gewann. Abschätzig verengte er seine Augen zu Schlitzen, bevor er die beiden gefährlich leise anfauchte: „Ich würde vorschlagen, wir vergessen das eben Gesagte ganz schnell mal wieder, das langhaarige Gesindel verschwindet von hier und wir fangen endlich an zu arbeiten, kapiert?"

Er wollte schon weitergehen, als ihn Florians Worte erneut innehalten ließen.

„Nein, Dietmar, die Kündigung ist ernst gemeint, denn Mia und ich werden hier nicht weiterarbeiten. Gehen werden wir, alle zusammen, sobald die Angelegenheit geklärt ist. Stimmt doch, Leute?"

Zustimmendes Gemurmel erklang von Mia und den anderen Bandmitgliedern.

Flo, der sich während der letzten Worte seinen Freunden zugewandt hatte, drehte sich wieder zum Produzenten um.

„Ach ja, du bekommst natürlich noch Post von unserer Anwältin, aber wir wollten die Kündigung einfach gerne persönlich aussprechen, Dietmar." Der Sänger machte eine kleine Kunstpause, bevor er fortfuhr: „Oder sollte ich lieber sagen: Heinz?"

Der Produzent starrte Florian an. „Wie?"

Jetzt fiel Mia ein: „Kuno!"

Sein Blick wanderte entsetzt zu ihr. „Was?"

Dann brüllte die ganze Band: „STUMPENRIELZ!"

Schnulzen-Didi lief rot an vor Wut, sah zornig von einem zum anderen. Wenn Blicke töten könnten, würde diese Brut bereits regungslos auf dem Boden liegen. Dort befanden sich die jungen Menschen zwar auch schon fast, von regungslos konnte allerdings keine Rede sein, so wie sie sich vor Lachen kugelten.

„Heinz-Kuno Stumpenrielz, was für ein Name", war Matzes Stimme zwischen zwei Lachanfällen undeutlich zu vernehmen. „Schon alleine deswegen hätte ich mir ein Pseudonym genommen".

Auch die anderen Bandmitglieder mussten sich Lachtränen aus dem Gesicht wischen.

„Euch wird das Lachen noch vergehen!", brüllte der Produzent. „Woher habt ihr diesen Namen?"

„DAS HAT UNS DER TEUFEL GESAGT!", antwortete die Band im Chor, um gleich wieder in heftiges Lachen zu verfallen.

Herr Stumpenrielz wurde kurz blass, dann lief er erneut so rot an, dass es aussah, als würde er gleich platzen. Dabei stampfte er vor Wut mehrfach mit dem Fuß auf.

„Wenn er so weitermacht, kracht er noch durch den Boden", kommentierte Steffen das irrationale Gebaren.

„Die armen Höllenbewohner... den in ihrer Mitte haben sie dann echt nicht verdient", ergänzte Max sarkastisch.

„Adrian!", brüllte da Heinz-Kuno, „komm sofort her! Was hast du dem Gesocks erzählt?" Gemütlich kam sein Assistent aus einem Nebenzimmer herangeschlendert. Mit neutraler Miene antwortete er im ruhigen Tonfall eines Gentleman-Butlers: „Für gewöhnlich pflege ich, mich nicht mit Gesocks abzugeben. Es sei denn, ich wäre vertraglich dazu gezwungen." Seine Mundwinkel zuckten. Dann kehrte er wieder zu seiner üblichen Artikulation zurück. Ohne von der Wahrheit abweichen zu müssen, erklärte er: „Nun, es bestand näheres Interesse an deiner Person, da habe ich geantwortet. Erzählt habe ich lediglich die Wahrheit, Boss. Warum fragst du?" Adrian bemühte sich, eine Unschuldsmiene aufzusetzen, was ihm allerdings nur mangelhaft gelang,

Doch Dietmar – oder besser: Heinz-Kuno – bekam dies ohnehin nicht mit, da ihn ein Tobsuchtsanfall überkam. Zornig schnaubend stampfte er mit zitternden Händen im Raum auf und ab. So erinnerte er irgendwie an einen Vulkan, der kurz vor dem Explodieren stand. Schreiend reagierte er sich an drei Postern ab, die er von der Wand riss und in kleine Stücke zerfetzte. Dann explodierte der Vulkan wirklich. Heinz-Kuno stürmte im Stechschritt auf seinen Assistenten zu, was zunächst so aussah, als wollte er ihm gepflegt eine 'reinsemmeln. Doch ganz dicht vor ihm blieb er abrupt stehen. So dicht, dass Adrian den heißen Atem seines Chefs auf dem Gesicht spüren konnte. Abgrundtiefer Zorn sprühte aus Heinz-Kunos Augen, als er seinem Assistenten lautstark entgegenschleuderte: „DU BIST GEFEUERT!"

Doch Adrian blieb ruhig stehen, nickte verständnisvoll, erwiderte dann ganz lapidar: „Dachte ich mir schon. Das brauche ich dann noch schriftlich."

Damit holte er einen Umschlag aus seiner Jackentasche, aus welchem er wiederum ein paar zusammengeheftete Schriftstücke entnahm, die er dem noch immer wütend schnaubenden Produzenten unter die Nase hielt. „Fehlt nur noch deine Unterschrift. Ich habe das Schreiben mit dem Kopfbogen Stumpenrielz verfasst, da mein Arbeitsvertrag ja auch mit diesem Namen unterschrieben ist."

Einen Moment lang glaubte Florian, der Hausherr würde das Blatt Papier in seinem Zorn verspeisen wollen. Doch der riss es seinem bisherigen Assistenten lediglich aus der Hand, um mittels eines Kugelschreibers, der auf dem Tisch herumlag, seine Unterschrift unter die Kündigung zu gravieren, bevor er sie Adrian mit einem säuerlichen Lächeln auf die Brust klatschte.

Weiterhin vor Wut schnaubend wandte er sich wieder den beiden Sängern zu. „Dass dieser Verräter seine Kündigung nach Wunsch bekommen hat, ist klar. Abgehakt. Aber glaubt bloß nicht, dass ihr beiden so einfach aus eurem Vertrag herauskommt." Aufgeregt fuchtelte er mit dem Zeigefinger in deren Richtung. „Der wurde nämlich von einem versierten Anwalt aufgesetzt; der ist hieb- und stichfest. Ihr könnt jetzt also entweder mit dem Theater aufhören und euch wieder hinter das Mikrofon klemmen, oder ihr werdet für euren Verrat sehr teuer bezahlen!"

So verächtlich wie triumphierend sah er auf die anwesenden Musiker herab.

„Das stimmt so nicht ganz", erklang die nach wie vor gelassene Stimme Adrians.

Der Produzent fuhr wie von der Tarantel gestochen zu seinem Assistenten herum. Erneut lief er puterrot an, während er brüllte: „Bist du schwer von Begriff? Du bist entlassen! Verschwinde auf der Stelle von meinem Grundstück und lass dich hier nie wieder blicken. Du hast hier nichts mehr verloren!"

Adrian lächelte seinen ehemaligen Boss weiterhin sanft an. „Das stimmt so nicht ganz", wiederholte er. „Hier, ein Durchschlag von der Vertragsauflösung, die du soeben vor Zeugen unterschrieben hast."

Damit reichte er Heinz-Kuno das Papier. Ausweichend schritt er um den vor Wut kochenden Produzenten herum, der Adrian anstarrte, als hätte dieser die letzte halbe Stunde nur noch russisch geredet. „Hier, für euch. Interessiert dich und Mia sicherlich genauso", womit er Florian ebenfalls eine Durchschrift überreichte.

Sichtlich vergnügt wandte er sich wieder dem Produzenten zu, der gerade begonnen hatte, den Vertrag durchzulesen. Der Effekt war bemerkenswert.

„Hätte nicht gedacht, dass sich das Rot von vorhin noch steigern lässt, aber das ist jetzt echt noch intensiver", kommentierte Ricky das Aussehen von Heinz-Kuno. „Ob man das im Dunkeln wohl auch sehen würde?", sinnierte er halblaut vor sich hin.

Dann blickte er neugierig zu Flo, der ebenfalls dabei war, den Vertrag durchzulesen, dabei aber im Gegensatz zu Heinz-Kuno immer breiter grinste. „Ja sag mal, Kumpel, was steht denn bloß in diesem Vertrag, dass sich deine Mundwinkel schon im Nacken treffen, während der da aussieht wie eine überreife Tomate kurz vor dem Platzen?"

Mia hatte sich zwischenzeitlich zu ihrem Freund gesellt. Um mitlesen zu können, hakte sie sich bei ihm unter, während sie ihren Kopf an seine Schulter legte.

„Das ist genial", brachte sie noch heraus, bevor sie beim weiteren Studieren nur noch eine Mischung aus Kichern, Prusten und Lachen herausbrachte.

Die anderen Bandmitglieder sahen sich ratlos an. Steffen wollte schon Florian das Blatt Papier aus den Händen reißen, als sich Adrian erbarmte, die Anwesenden über den Inhalt des Vertrags zu informieren: „Ich hatte gehofft, dass Heinz-Kuno so wütend sein wird, dass er den Auflösungsvertrag unterschreibt, ohne ihn erst vorher durchzulesen. Genau das hat er ja auch gemacht. Damit hat er nicht nur einer sofortigen Auflösung unserer Verträge zugestimmt, sondern mir neben einer ordentlichen Abfindung auch die Verträge von Flo und Mia übertragen."

Einen Moment herrschte Ruhe im Raum. Dann ereiferte sich der Produzent: „Damit kommst du nicht durch, du

... du ...ach, es gibt überhaupt kein Schimpfwort, das dir gerecht wird. Die sind alle viel zu freundlich. Du hast mich übers Ohr gehauen, aber das lass ich mir nicht gefallen. Ich werde dich vor den Kadi zerren, darauf kannst du dich verlassen. Ich werde dich ausnehmen wie eine Weihnachtsgans, nach Strich und Faden werde ich dich verklagen, dass dir Hören und Sehen vergeht. Dann werden wir ja sehen, wer zuletzt lacht." Vor Aufregung japste er nach Luft, bevor er weiterbrüllte: „Verschwindet! Alle! Raus! Sofort!"

Nachdem sich Band und Ex-Assistent auf der Siegerseite befanden, folgten sie dieser harschen Aufforderung nur zu gerne.

Als sie das Grundstück des Grauens schon ein ganzes Stück hinter sich gelassen hatten, blieb Florian nachdenklich stehen, die anderen hielten daraufhin ebenfalls an. Fragend wandte er sich Adrian zu. „Warum war es dir eigentlich so wichtig, dass du die Verträge, die wir mit Dietmar – oder Heinz-Kuno, oder wie immer der jetzt auch heißt – übernehmen willst? Ich dachte, es war ausgemacht, dass wir mit dir einen ganz neuen Vertrag abschließen, der mit dem ganzen Sch...rott hier nichts zu tun hat? So sind wir doch wieder nur die Gelackmeierten, die vertraglich gezwungen sind, auf ihre Tantiemen zu verzichten, auch wenn wir vermutlich keine ätzenden Heimatmelodien mehr leiern müssen.

Dabei hatte es sich vorhin doch so angehört, als ob wir vor Gericht gute Chancen hätten, da herauszukommen. Sind wir so nicht wieder nur Leibeigene, die lediglich einem neuen Leibherren dienen müssen?", fragte er beunruhigt.

Adrian schmunzelte. „Ich verstehe deine Sorgen, Florian. Aber ich kann dir versichern, dass ich mit diesem verlogenen Produzenten nichts mehr zu tun haben will, außer meiner Abfindung natürlich, doch das ist eine andere Geschichte, die wiederum nichts mit euch zu tun hat. Aber zurück zu deiner Frage: es war mir deswegen wichtig, die Verträge, die ihr mit Heinz-Kuno abgeschlossen habt, zu übernehmen, damit ich sie nach Belieben auflösen kann. Und das werde ich, das verspreche ich euch. Mit Handschlag und vor Zeugen."

Flo und Mia bekamen feuchte Augen. Sie sahen einander kurz an, nickten sich zu, dann schlugen sie ein. Wieder jubelten und applaudierten die Mitglieder der Band, worauf sich Florian und Mia überglücklich in die Arme fielen. Sie waren so erleichtert, dass sie ihren Tränen freien Lauf ließen.

Nach ein paar Minuten lösten sie sich aus ihrer Umarmung. Als sie sich gegenseitig lächelnd in die Augen sahen, mussten sie anschließen vor Glück lachen. Hand in Hand setzten sie sich wieder in Bewegung, die Mannschaft mit ihnen. Da fiel Florian die nächste Frage ein. Abrupt blieb er stehen, wodurch er von Ricky von hinten angerempelt wurde. „Boah, sag mal, was ist denn nun wieder? Können wir nicht endlich in die Pension zurückgehen? Ich habe Hunger!"

Doch dem Sänger war wichtiger, dass er seine Frage stellen konnte, weswegen er das Genörgel des Leadgitarristen gar nicht bewusst wahrnahm.

„Aber wird es mit diesem neuen Vertrag denn nicht komplizierter? Ich meine, wenn Haka klagt und der Richter den Passus mit der Vertragsübernahme als ungültig ansieht, dann müssen Mia und ich doch trotzdem vor Gericht."

Adrian sah Flo fragend an: „Haka?"

„Na ja; Ha-Ka für die Anfangsbuchstaben von Heinz-Kuno", erklärte er, „aber diesen Namen will ich eigentlich nicht mehr hören, geschweige denn aussprechen."

Seine Begleiter mussten lachen. „Haka – das ist super", prustete Mia.

Florian ergänzte seine Frage: „Wird uns das nicht eher schaden?"

Adrian schüttelte den Kopf. „Ich gehe schon davon aus, dass ihr vor Gericht gute Chancen habt, aber seien wir doch mal realistisch – wie lange braucht es, bis bei so einem Verfahren tatsächlich eine Entscheidung vorliegt? Zwei Jahre, drei? In der ganzen Zeit würde euch Heinz-Kuno unter immensen Druck setzen. Dadurch, dass ich die Klausel in meinen Vertrag mit aufgenommen habe, müsste er zunächst mal gegen mich klagen und dann auch noch gewinnen, bevor er wieder auf euch zugehen kann. Damit habt ihr auf jeden Fall Zeit gewonnen."

Nachdenklich strich er sich mit der Hand durch die Haare. „Ich arbeite jetzt schon seit fünfzehn Jahren für ihn ..."

„Fünfzehn Jahre? Respekt! Wie hält man das bloß aus? Wir haben es ja nicht einmal zwei Tage ertragen", wurde er von Mia unterbrochen.

Einerseits fühlte er sich etwas gekränkt, weil ihm die junge Frau so rüde ins Wort gefallen war, andererseits wusste er ihre Respektbezeugung zu schätzen, was er mit einem anerkennenden Nicken beantwortete.

Nicht näher darauf eingehend fuhr er fort: „Deshalb weiß ich aus Erfahrung, dass es ihm zu riskant ist, wenn vor Gericht höchstens eine fünfzig-zu-fünfzig-Chance besteht. Für gewöhnlich tobt er nach solch einer Niederlage noch eine ganze Zeit lang im Studio herum. Mag sein, dass die Einrichtung etwas darunter leidet, aber es muss ja ohnehin immer wieder mal etwas modernisiert werden", feixte er.

„Wenn sich Heinz-Kuno, oder gerne auch Haka, wieder beruhigt hat, wird er sich neuen Projekten zuwenden. Erfolgversprechenden Projekten. Meine Abfindung hingegen wird er nur sehr zögerlich bezahlen. Was wiederum für mich steuerlich vorteilhafter ist, als wenn ich den ganzen Betrag auf einmal bekäme. Wirklich darauf angewiesen bin ich ohnehin nicht, es ging dabei ja nur darum, ihm kräftig in den Hintern zu treten. Von daher passt das schon. Die letzten drei Tage haben ihn dennoch nicht wirklich viel gekostet. Das wird er unter Lehrgeld verbuchen, das verschmerzt er."

Adrians Gesicht hellte sich auf. „Außerdem haben wir immer noch den Trumpf in der Hand, dass wir seinen richtigen Namen kennen. Da ich meinen Arbeitsvertrag damals mit Heinz-Kuno Stumpenrielz abgeschlossen hatte, steht dieser Name nun auch auf dem Auflösungsvertrag. Wenn er also wegen des Vertrages vor Gericht gehen wollte, würde umgehend in allen Zeitungen zu lesen sein, dass Dietmar Weiss in Wahrheit Heinz-Kuno Stumpenrielz ist, der nach wie vor einen sehr schlechten Ruf in der Branche hat. Damit würde er sich auch noch seinen guten Ruf als Erfolgsproduzent Dietmar Weiss ruinieren. Also, macht euch mal keine Sorgen. Er hat zu viel zu verlieren, als dass er ein Gerichtsverfahren anstrengen würde."

Nach diesen Worten mussten sich Flo und Mia erneut vor Freude umarmen und küssen. Danach hielten sie sich gegenseitig an den Unterarmen fest, um vor lauter Übermut wie kleine Kinder im Kreis zu hopsen.

Endlich bewegte sich die Gruppe wieder in Richtung Pension, als Adrian nach ein paar Schritten erneut stoppte.

„Maaann!", maulte Ricky, während er die Augen verdrehte.

„Ach, übrigens", begann Adrian, während er sich zu den anderen umdrehte, „erinnert ihr euch, dass ich in dem Nebenraum war, als ihr Dietmar die Kündigung eröffnet hattet?" Zustimmung von allen Anwesenden, dennoch fragende Blicke. „Es wird euch bestimmt freuen zu hören, dass sämtliche Aufnahmen, die Flo und Mia betreffen, nicht mehr existieren."

Lautes Jubeln, Johlen und Applaudieren zeigte Adrian, dass er die richtige Entscheidung getroffen hatte. Jetzt musste sogar er sich die Tränen verkneifen, als ihm klar wurde, dass er für sein Debüt als Produzent keine passendere Horde hätte bekommen können.

Bevor sie endlich den Weg zu Pension einschlugen, machten sie noch einen kleinen Abstecher zum Dorfladen, wo sie drei Flaschen Sekt kauften, um gemeinsam mit Herrn Stilzbach auf den Sieg anzustoßen.

Kapitel 14

Zwei Monate waren ins Land gegangen, der Herbst hatte bereits Einzug gehalten. Auf einer Holzbank vor einem alten Bauernhaus am Ortsrand von Kleinrumpelshausen genoss Flo die noch immer wärmenden Sonnenstrahlen, während er der 'Teufelsbrut', wie Adrian seine beiden Kinder liebevoll nannte, zusah, wie sie vor Vergnügen giggelnd Fangen spielten. Auf diesem wirklich sehr weitläufigen Grundstück hatten die beiden vier und fünf Jahre alten Knirpse ausreichend Gelegenheit dazu.

Mit einem Lächeln kehrten seine Gedanken zurück in die Zeit vor etwas über einem Monat, als die gesamte Band bei der Pension Stilzbach angerückt war, um die Fassade zu reinigen, auszubessern und zu streichen. Das hatte allen so viel Spaß gemacht, dass sie Waldfried versprochen hatten, im nächsten Frühjahr sowohl Klappläden als auch Fensterrahmen wieder auf Vordermann zu bringen. Dafür durften sie erneut kostenfrei in der Pension wohnen, wo sie vom Hausherrn mit leckerem Essen verwöhnt wurden. Und kochen konnte er, keine Frage!

Flo trank noch einen Schluck Wasser, bevor er langsam mit den Stimmübungen begann. Währenddessen sah er zur Scheune ihm gegenüber. Von außen sah sie sehr unscheinbar aus, wie eine einfache Scheune eben.

Innen hatte sie Adrian allerdings zu einem Tonstudio ausgebaut, das er ganz bescheiden als einfaches Demostudio bezeichnete. Max hatte jedoch genügend Ahnung von der Technik, weswegen er vor Begeisterung auf die Knie gefallen war, als er die technische Ausstattung zu Gesicht bekam. Den ganzen Abend über hatte er den anderen Bandmitgliedern von den speziellen Eigenschaften und Möglichkeiten dieser Gerätschaften vorgeschwärmt. Die ließen sich von seiner Euphorie mitreißen, auch wenn sie eigentlich gar nicht so viel von den technischen Begriffen verstanden, mit denen er sie zutextete.

Nun saß Max gemeinsam mit Adrian an den Reglern, wo er seine Live-Erfahrung einbringen konnte, die er mit Flo Circus in all den Jahren gesammelt hatte. Florian lächelte, als er daran dachte, wie gut die beiden miteinander harmonierten. Sowohl mit den anderen Bandmitgliedern als auch dem Songmaterial war Adrian bisher sehr gut zurecht gekommen. Vor allem mit Steffen und Ricky lag er offensichtlich auf einer Wellenlänge, weshalb das Album garantiert etwas härter ausfallen würde, als ursprünglich geplant.

Die Tür zur Scheune öffnete sich. Nach einem suchenden Blick kam Mia auf Florian zu gehüpft. Noch ein Grund für die härtere Gangart der Band: Die Sängerin hatte sich ihren Frust über die Erlebnisse mit Heinz-Kuno und ihrer ehemaligen Band von der Seele geschrieben. Herausgekommen waren ein paar knallharte Rocksongs, die bei der Band sofort auf Gegenliebe gestoßen waren.

Als die junge Frau bei ihrem Freund angekommen war, küsste sie ihn so stürmisch, dass die Bank bestimmt umgefallen wäre, hätte sie nicht direkt an der Hauswand gestanden.

„Hey, lass mir noch etwas Atem zum Singen", protestierte er schmunzelnd, hielt sie aber gleichzeitig fest, um ihr nun seinerseits einen leidenschaftlichen Kuss auf den Mund zu drücken.

Mia deutete lachend in Richtung Scheune: „Du bist dran. Und sing bloß richtig, ich habe Adrians und Max' Nerven schon ziemlich strapaziert."

„Wie das?", Flo zog erstaunt die Augenbrauen nach oben. „Du triffst doch eigentlich immer den Ton."

„Ich hab noch ein paar Sachen ausprobiert, Growls und so. Davon waren die beiden Jungs nicht immer so wirklich begeistert. Aber jetzt ist mein Part soweit im Kasten."

Flo machte sich auf den Weg zum Tonstudio. Hier gab es keinen gesonderten Gesangsraum. Vielmehr wurde ein großer Aufnahmeraum mit Paravents abgetrennt, so dass eine Art Kabine entstand. Damit war Adrian flexibler, außerdem waren auf diese Weise die Kosten für den Ausbau nicht so hoch.

Florian betrat den Regieraum, um die beiden Männer an den Reglern zu begrüßen. Als er sich nach etwas Smalltalk im Aufnahmeraum ans Mikrofon stellte, lief ihm kurz ein Schauer über den Rücken, was aber nichts mit der Raumtemperatur zu tun hatte. Das letzte Mal, als er in einem Studio am Mikrofon gestanden hatte, war er gezwungen, etwas zu tun, das er eigentlich niemals in seinem Leben tun wollte: Er musste in einer Art und Weise zu Melodien singen, die er zutiefst ablehnte. Das fühlte sich an wie eine Bestrafung für eine Tat, die er nicht begangen hatte. Doch jetzt war es endlich so, wie er es sich stets erträumt hatte: eine friedliche, freundliche Atmosphäre, alle ziehen am selben Strang, auf Augenhöhe mit Tontechniker und Produzent ... phantastisch! Endlich konnte er in einem Tonstudio die Lieder einsingen, die die Band selbst geschrieben hatte. Mit diesen positiven Erfahrungen würde er den Albtraum bestimmt bald vergessen, oder zumindest ganz tief vergraben können.

Für einen Moment schloss er die Augen und hing seinen Gedanken nach. Adrian hatte recht behalten, sie hatten nichts mehr von Heinz-Kuno gehört. Laut Zeitungsberichten baute er wohl gerade das nächste Schlagersternchen auf - natürlich unter dem Namen Dietmar Weiss. Flo zuckte in Gedanken die Schultern. Solange er ihn, Mia und Adrian in Ruhe ließ, konnte der so viele Erfolge feiern, wie er wollte, das kümmerte ihn nicht. Solange Schnulzen-Didi nicht wieder der abwegigen Idee verfallen würde, Rocksänger zwangsverpflichten zu wollen, sondern seine Schlagersternchen aus dem passenden Metier heraussuchte, war die Welt für alle Beteiligten in Ordnung. Möglicherweise war ihm das ja eine Lehre. Und für diese Schlagersternchen war es wahrscheinlich auch noch „eine große Ehre, mit dem Erfolgsproduzenten Dietmar Weiss zu arbeiten", wie sich Herr Stilzbach einst ausgedrückt hatte.

Zufrieden setzte sich Florian den Kopfhörer auf. „Bereit?", hörte er Max' Stimme. „Bereit", antwortete der Sänger, was er zusätzlich mit einem Daumen-hoch-Zeichen signalisierte. Kurz darauf erklangen die ersten Töne. Er holte nochmals Luft, um für seinen Einsatz bereit zu sein. Die Aufnahmen starteten mit Life Goes On. Mit der originalen Version, wie er sie geschrieben hatte, wie sie wirklich klingen musste. Dass das gerade wirklich passierte... Ein Traum hatte sich erfüllt.

Dann stellte er sich wieder vor, er würde auf der Bühne stehen, vor hunderten – ach was – vor tausenden von Fans singen, alle Menschen sangen mit... Flo bekam eine Gänsehaut.

Ja, das Leben ging weiter. Und in diesem Moment war es einfach perfekt.

nde

Alle bisherigen Titel der Märchenspinnerei:

Der Axolotlkönig
Autor: Sylvia Rieß
Märchenspinnerei, Book 1
Genres: Coming of Age, Märchenadaption, Young Adult
ISBN: 9783961114962

Froschkönig trifft Schneekönigin. Im Axolotlkönig
spinnt die Autorin Sylvia Rieß die Elemente zweier
weltbekannter Märchen in einer witzig-modernen und
zugleich düsteren Romanze zusammen, die uns zeigt,
wie wichtig es ist, die Welt manchmal mit anderen
Augen zu sehen.

Ein Mantel so rot
Autor: Barbara Schinko
Märchenspinnerei, Book 2
Genres: Fantasy, Märchenadaption
ISBN: 9781542356527

Rotkäppchen mal anders: In „Ein Mantel so rot" ver-
webt die Autorin Barbara Schinko Elemente des
bekannten Märchens der Brüder Grimm zu einer
ebenso bittersüßen wie düsteren Geschichte über die
Liebe zwischen einer jungen Frau ... und ihrem Wolf.

Hollerbrunn
Autor: Tina Skupin
Märchenspinnerei, Book 3
Genres: Coming of Age, Märchenadaption, Young Adult
SBN: 9783961112968

Der dritte Band der Märchenspinner entführt den Leser in die eisig-schöne Welt der Alpen. Tina Skupin kombiniert das Frau Holle-Märchen der Gebrüder Grimm mit traditionellen Alpensagen sowie einem Schuss „Eiskönigin" zu einer Geschichte um Familie, Abschied und Neubeginn.

Kein Schnee im Hexenhaus
Autor: Susanne Eisele
Märchenspinnerei, Book 4
Genres: Märchenadaption, Urban Fantasy
ISBN: 9781541388475

In "Kein Schnee im Hexenhaus" spinnt die Autorin Susanne Eisele das bekannte Märchen der Brüder Grimm ganz neu und setzt sich dabei mit Sucht und Realitätsverlust auseinander.

Im Bann der zertanzten Schuhe
Autor: Janna Ruth
Märchenspinnerei, Book 5
Genres: Märchenadaption, Urban Fantasy
ISBN: 9783961114672

Die zertanzten Schuhe mal anders. Im Bann eines verzauberten Tanzes spinnt die Autorin Janna Ruth märchenhafte Elemente der Brüder Grimm zu einer modernen Fabel über das glitzernde Nachtleben, zerbrochene Träume und verlorene Seelen.

Leuchtendschwarzer Rabenmond
Autor: Valentina Kramer
Märchenspinnerei, Book 6
Genres: Märchenadaption, Urban Fantasy
ASIN: B073DFJMK8

In „Leuchtendschwarzer Rabenmond" spinnt die Autorin Valentina Kramer eine moderne Version der „Sieben Raben" der Brüder Grimm. Das Ergebnis ist eine humorvoll-düstere Geschichte über die verheerende Wirkung von Vorurteilen, Hass, Angst und mangelnder Toleranz aber auch über die Wichtigkeit von Freundschaft, Liebe und Vertrauen.

Meerschaum
Autor: Anna Holub
Märchenspinnerei, Book 7
Genres: Märchenadaption, Skandinavienkrimi
ISBN: 9781548925000

Hans Christian Andersens traurige Meerjungfrau trifft Skandinavien-Thriller.

Zarin Saltan
Autor: Katherina Ushachov
Märchenspinnerei, Book 8
Genres: Fantasy, Märchenadaption, Urban Fantasy
ISBN: 9781975775254

Im 8. Band der Märchenspinnerei erzählt Katherina Ushachov die altbekannte Geschichte von Feindschaft, Eifersucht und Oberflächlichkeiten in einem modernen Setting neu und lässt dabei jene Figur zu Wort kommen, die im Original untergeht: die Zarin.

Der siebte Sohn
Autor: Julia Maar
Märchenspinnerei, Book 9
Genres: Coming of Age, Fantasy, Märchenadaption, Young Adult
ISBN-13: 978-3961114733

In „Der siebte Sohn" von Julia Maar ist es ein königlicher Bastard von niederer Stellung, der mehr Ehre und Anstand beweist als so mancher Prinz. Dabei zeigt sie, dass man trotz aller Widrigkeiten an seinen Idealen festhalten kann.

Es war einmal ... ganz anders
Autorinnen: Anna Holub, Barbara Schinko, Christina
Löw, Janna Ruth, Julia Maar, Katherina Ushachov,
Laura Kier, Mira Lindorm, Sabrina Schuh, Susanne Eis-
ele, Sylvia Rieß, Tina Skupin, Valentina Kramer
Märchenspinnerei, Anthologie
Genres: Anthologie, Märchenadaption
ISBN: 9783959590754

In dreizehn Kurzgeschichten verweben die Märchenspinnerinnen altbekannte Märchen mit zeitgenössi-
schen Problemen und füllen fantasievolle Welten mit
neuem Leben. Die Märchenspinnerei-Anthologie 2017.

Herzenswünsche kommen teuer
Autor: Mira Lindorm
Märchenspinnerei, Book 10
Genres: Coming of Age, Fantasy, Märchenadaption
ISBN: 9783959590778

1001 Nacht lang erzählte die todgeweihte Sheherezade
ihre Geschichten, bis der Sultan sie verschonte. Mira
Lindorm spinnt das Garn im 10. Band aus den Reihen
der Märchenspinnerei weiter und beschreibt in "Herzenswünsche kommen teuer" die möglichen Folgen der
1002 Nacht.

Unter schwarzen Federn
Autor: Sabrina Schuh
Märchenspinnerei, Book 11
Genres: Coming of Age, Märchenadaption
ISBN: 9783961117017

In „Unter schwarzen Federn" - dem 11. Buch aus den
Reihen der Märchenspinnerei - spinnt Autorin Sabrina
Schuh mit den Elementen von Andersens hässlichem
Entlein eine düster-romantische Geschichte über Aus-
grenzung, Todeswünsche und den schweren Weg eines
jungen Mädchens auf der Suche nach ihrem wahren
Selbst.

Träume voller Schatten
Autor: Christina Löw
Märchenspinnerei, Book 12
Genres: Coming of Age, fantastische Realität, Märchen-
adaption
ISBN: 9783961114429

In »Träume voller Schatten« - dem 12. Band der Märchenspinnerei - spinnt Christina Löw märchenhafte
Elemente von Wilhelm Hauff zu einer modernen Fabel
über die Abgründe von sexuellem Missbrauch, die Kraft
der Freundschaft und den Mut zur Selbstbestimmtheit.

Tropfen der Ewigkeit
Autor: Eva-Maria Obermann
Märchenspinnerei, Book 13
Genres: Märchenadaption, Steampunk, Young Adult
ISBN: 9783961116423

Rapunzel mal anders: In "Tropfen der Ewigkeit" - dem
13. Band der Märchenspinnerei - lässt Eva-Maria Obermann Rapunzel im Steampunk-Milieu auferstehen. Der
Klassiker aus der grimmschen Märchensammlung wird
zum spannenden Kampf um Wahrheit und Selbst-
bestimmung.

Unter pinken Sternen
Autor: Sabrina Schuh
Märchenspinnerei, Book 15
Genres: Märchenadaption, Young Adult
ISBN: 9783964436535

In Unter pinken Sternen spinnt Autorin Sabrina Schuh
aus den Elementen der Grimmschen Sterntaler eine in
sich geschlossene, düstere Gesellschaftskritik über
Schuldgefühle, Verzweiflung und das schwere Leben
einer jungen Obdachlosen.

Der tote Prinz
Autor: Katherina Ushachov
Märchenspinnerei, Book 16
Genres: Dystopie, Märchenadaption, Steampunk
ISBN: 9783959591461

In „Der tote Prinz" versetzt Katherina Ushachov Puschkins Märchen „Die tote Prinzessin und die sieben Recken" in eine düstere Zukunft und erzählt die Geschichte eines mutigen Mädchens – in den Überresten einer Gesellschaft, erbaut aus unserem Müll.

Der Kater unterm Korallenbaum, oder: Wünschen will gelernt sein
Autor: Christina Löw
Märchenspinnerei, Book 17
Genres: fantastische Realität, Märchenadaption, Urban Fantasy
ISBN: 978-3964434180

In »Der Kater unterm Korallenbaum, oder: Wünschen will gelernt sein« spinnt Christina Löw aus Elementen des grimmschen Märchens des gestiefelten Katers eine moderne Fabel über Geschwisterstreit und Familienbande, zweite Chancen und den Umgang mit Verlust sowie die Suche nach der eigenen Identität.

Weitere Bücher der Autorin Susanne Eisele

Nachbarschaftshilfe: Ein Vampir- und Werwolfkrimi

ISBN-13: 978-1495493584

Seit langem ist der Graben zwischen der Vampir- und
der Werwolfstadt tiefer als der Fluss, der die beiden
Städte trennt. Kein Vampir betritt das Gebiet der Werwölfe und ebenso anders herum. Ein Vampir jedoch
geht in das andere Gebiet und ermordet Werwölfe. So
wie ein Werwolf Vampire auf deren Gebiet ermordet.
Jetzt heißt es für die Sheriffs der beiden Clans
zusammenzuarbeiten und den jeweiligen Nachbarn zu
unterstützen, um den Mördern auf die blutige Spur zu
kommen und weiteres Unheil zu verhindern.

Kinderspiel: Ein Vampir- und Werwolfkrimi Band 2

ISBN-13: 978-1508676676

Seit eine mehrere Monate zurückliegende Mordserie
aufgeklärt wurde, ist es ruhig geworden in den benach-
barten Kleinstädten Whitehall und Whitewell. Ein guter
Zeitpunkt für die Sheriffs dieser beiden Städte, gemeinsam in Urlaub zu fahren. Doch kaum sind sie abgereist,
ereignen sich mysteriöse Diebstähle. Während die
ohnehin schon komplizierten Suche nach den Tätern
läuft, kommt auch noch eine Kindesentführung hinzu.
Jetzt ist das ganze Geschick und die Zusammenarbeit
der Deputies beider Städte gefragt. Wird es ihnen
gelingen, das Kind aus den Händen der Entführer zu
befreien? Band 2 zu dem Vampir- und Werwolfkrimi:
Nachbarschaftshilfe

Kein Schnee im Hexenhaus
(Märchenspinnerei, Band 4)

ISBN-13: 978-1541388475

Ein Bruder und seine Schwester. Ein Haus im Wald.
Eine schrullige Alte.
Hansjörg und Margarete verlaufen sich im Wald. Dort
werden sie von der Polizei aufgegriffen und von den
Eltern wegen ihres wiederholten Drogenkonsums in ein
Erziehungsheim geschickt. Man bringt sie zu einem
kleinen Häuschen, weit, weit weg von der Stadt. Sie
denken sich dabei nichts Böses. Eigentlich nur an eine
baldige Flucht. Doch dies stellt sich als unmöglich
heraus. Denn das Haus hält nicht nur eine waschechte
Hexe, seltsame Wesen und giftige Pflanzen für sie
bereit. Für Hansjörg und Margarete wird dieser Trip
die entscheidende Lektion ihres Lebens.
Hänsel und Gretel einmal anders: In "Kein Schnee im
Hexenhaus" spinnt die Autorin Susanne Eisele das
bekannte Märchen der Brüder Grimm ganz neu und
setzt sich dabei mit Sucht und Realitätsverlust auseinander. Band 4 aus der Reihe der Märchenspinner.

Anthologien mit Beiträgen der Autorin
Susanne Eisele

Die Würfel der vergessenen Magie: Eine Anthologie
(Alea Libris)
ASIN: B01MDRI27Z

9 Würfel, 5 Geschichten - lesen Sie hier, was unsere 5
Autoren aus der Herausforderung gemacht haben, aus
9 Motiven eine Geschichte zu formen.

Erzählungen von der einsamen Burg:
Eine Anthologie
(Alea Libris)
ASIN: B0722YC78W

Zu seiner Erleichterung erblickt der Wanderer eine
Burg. Die letzten Tage war er durch die entlegene
Gegend geirrt, ohne einer Menschenseele zu begegnen.
Diese Burg erscheint ihm daher wie ein Geschenk und
er beschließt, dort für einen Tag zu rasten. Doch was
ihn hinter den Mauern erwartet, wird ihm für den Rest
seines Lebens in Erinnerung bleiben ... vorausgesetzt
natürlich, er überlebt den Tag in der Burg.

Märchen aus 1001 Nacht Update 1.1:
Wer braucht schon einen Dschinn?
(Moderne Märchen)
(Machandel-Verlag)
ISBN-13: 978-3959591041

Die schöne Scheherezade hat nicht nur dem Sultan den
Kopf verdreht. Ihre Geschichten haben auch einen
bleibenden Platz in der europäischen Märchenwelt
gefunden. Unsere Autoren haben natürlich eine eigene Meinung
dazu. Was, wenn der Dschinn ein Alien ist? Oder Ali
Baba als Tellerwäscher sein Glück finden muss? Kann
Scheherezade nach Europa geflüchtet sein und der
Sultan mit Anzug und Aktentasche spazierengehen?
Bekommt Sindbad ein Interview mit der "Times of
India", und landet die Wunderlampe mangels
Verwertbarkeit am Ende sogar noch auf dem Schrott?
Lassen Sie sich überraschen! So viel kann ich Ihnen
verraten – nicht alle modernen Märchen enden
glücklich, aber in einigen bekommt die Prinzessin am
Ende doch ihren Prinzen.

The P-Files: Die Phönix Akten
(Talawah-Verlag)
ISBN-13: 978-3947550081

Warum nur ein Leben leben, wenn es auch tausend sein können? Das ist der Leitsatz des Phönix, der aus der Asche wiedergeboren wird und unsterblich ist. In 31 Kurzgeschichten rund um den brennendsten Vogel der Welt werdet ihr alles finden: Wahrheit und Wahnsinn, Evolution und Revolution, Abenteuer und Ungeheuer, Zauber und Zorn, Hoffnung und Verzweiflung, Magie und Märchen.

Die Phönix-Akten offenbaren wie Phönixe sterben und wiedergeboren werden, wie Menschen und Vögel leben, wie sie lustiges und grauenvolles erleben.

Im August 2019 erscheint eine
Kurzgeschichtensammlung von Susanne Eisele unter
dem Titel:
Susannes Kurzgeschichten aus Raum und Zeit

ISBN: 9783748178255

Wird den Einhörnern ihre Mission gelingen?
Was hat ein Bergteufel mit einem Engel zu schaffen?
Welch düsteres Geheimnis wartet hinter den Mauern
einer einsamen Burg?
Wird der Erwählte sein Volk vor dem Drachen beschützen können?

Mit einem Augenzwinkern erzählt die Autorin in dieser
Anthologie galaktische Kurzgeschichten, die von Drachen, anderen fantastischen Wesen und fast normalen
Menschen handeln.

Danksagung

Auch zum Abschluss dieses Buchs möchte ich es nicht versäumen, all jenen zu danken, ohne die dieses Projekt nicht möglich gewesen wäre.

Meinen Eltern dafür, dass sie meine Leidenschaft für Bücher von Kindesbeinen an gefördert haben, insbesondere meiner Mutter für ihre wundervolle Unterstützung und Werbung.

Meinem Ehemann Manfred Polz für seine großartige Unterstützung, insbesondere bei der Überarbeitung und bei der Beisteuerung von einigen musiktechnischen Details.

Meinen Betalesern (in alphabetischer Reihenfolge) Iris Boanta, Sabine Dau und Christina Löw für ihre hilfreichen Kommentare und konstruktive Kritik.

Meinem Coverdesigner Renee von Dream Design für das tolle Cover.

Allen Märchenspinnerinnen und den Feen der Märchenspinnerei für ihren unermüdlichen Einsatz für das Projekt Märchenspinnerei.

Natürlich gebührt mein Dank vor allem auch allen Lesern und Leserinnen.
Um hier einfach mal den großartigen Attila Dorn zu zitieren: Vielen Dankeschön, meine lieben Freunde!

Über Rezensionen für das Buch würde ich mich sehr freuen.